ANNE WIAZEMSKY

DES FILLES BIEN ÉLEVÉES

nouvelles

nrf

GALLIMARD

Pour tes dix ans, Anna

Anna avait décidé de guetter la voiture, non pas de la pelouse où son petit frère Jean-Baptiste s'était déjà installé, mais du mur en pierre qui, au nord, séparait la propriété de la route.

Elle était allée chercher un fagot dans le hangar à bois et s'en était servie comme de marchepied. Mais maintenant qu'elle avait atteint son but, elle désirait redescendre. Elle avait oublié que, de l'autre côté de la route, il y avait le cimetière et que le cimetière l'effrayait depuis que sa cousine Jacqueline, celle qu'elle n'aimait pas, lui avait expliqué qu'elle y serait un jour enterrée et dévorée par les asticots. Depuis cette révélation, Anna dormait moins bien.

Mais tout allait changer puisqu'elle venait d'avoir dix ans.

– J'ai dix ans depuis ce matin, dit-elle à voix haute et en fixant courageusement le cimetière.

Enhardie par cette première prouesse, elle prit sa respiration et continua :

– J'ai dix ans, je n'ai pas peur de mourir, je ne serai jamais mangée par les asticots.

Un corbeau vint se poser non loin d'elle, sur le toit du poulailler. Il avait l'air de l'écouter avec attention. Elle en profita :

– Je n'ai pas peur du diable non plus!

Le corbeau croassa et s'envola en direction du village. Anna se sentit alors moins sûre d'elle.

D'horribles histoires, toutes vraies, étaient là pour témoigner qu'il ne fallait jamais, sous peine de le voir arriver, se risquer à évoquer le diable. D'autant qu'elle était loin de la maison et juchée de façon précaire sur un mur trop haut. Elle s'interdit d'y penser davantage et se demanda qui allait venir la chercher.

Très tôt dans la matinée, sa mère avait téléphoné de Paris. Mamie, sa grand-mère, avait pris la communication et, pour n'être entendue de personne, s'était enfermée dans le petit bureau.

Anna et Jean-Baptiste, cantonnés dans le couloir, avaient attendu en vain qu'on les appelle. Puis, d'une voix que les enfants qualifièrent après coup de « suspecte », Mamie leur avait annoncé qu'ils étaient attendus à Paris et qu'une voiture, conduite par un membre de la famille, serait là vers midi.

L'étonnement avait rendu Anna muette. Sa mère aurait dû la réclamer au téléphone, ne serait-ce que pour lui demander, comme elle l'avait fait la veille et l'avant-veille, des nouvelles du chien Bambi qui s'était cassé la patte.

Et comment expliquer qu'elle ne l'ait pas félicitée pour son anniversaire ?

Mais après avoir bu une tasse de chocolat et mangé trois tartines de pain grillé, elle avait eu l'intuition de ce qui, loin d'elle, se tramait. Elle s'en était alors ouverte à Jean-Baptiste qui, malgré ses huit ans, était un interlocuteur acceptable.

Et tous deux étaient tombés d'accord : dans le plus grand secret, une fête se préparait, une fête dont Anna allait être la vedette.

Ils avaient encore imaginé les cadeaux que ne manqueraient pas de lui offrir oncles, tantes, cousins et cousines, et le gros gâteau dont il lui faudrait, en une seule fois, souffler les dix bougies.

Dans leur enthousiasme, ils avaient été jusqu'à évoquer ce que pourrait être leur emploi du temps du lendemain : une promenade au Jardin d'Acclimatation, du patin à roulettes place du Trocadéro et pour finir un film de cape et d'épée au Bon Cinéma d'Auteuil.

Peu de voitures passaient sur la route.

La demeure où séjournaient Anna et Jean-Baptiste se trouvait située aux abords d'un petit village de Seine-et-Oise. Elle était entourée d'un grand parc qu'ils ne se lassaient pas d'explorer. Leur grand-mère maternelle y était née et était bien décidée à y mourir.

Elle régnait sur une cuisinière, un jardinier et les membres de la famille qui avaient coutume de s'y rassembler pour les fêtes de Noël et de Pâques.

Durant les grandes vacances d'été, ses deux fils et sa fille, accompagnés de leurs enfants, y passaient à tour de rôle une quinzaine de jours.

Anna et Jean-Baptiste lui avaient été confiés pour quelques mois, le temps que leur père, un avocat très occupé, souvent absent et dont ils savaient confusément qu'il était une personnalité importante dans la vie politique française, ait fini d'installer leur nouvel appartement avenue Mozart. En attendant, ils allaient tous les jours à bicyclette faire des dictées et du calcul chez une veuve Pipar qui habitait à l'autre extrémité du village. Le soir, avant de les envoyer se coucher, Mamie leur inculquait quelques notions d'histoire sainte et leur offrait, contre la promesse de bien se laver les dents, un caramel au lait.

La vie était belle pour Anna et Jean-Baptiste, elle promettait de l'être davantage encore, puisque ce jour-là, le samedi 22 avril 1961, Anna venait d'avoir dix ans.

Depuis plusieurs mois, il y avait toujours quelqu'un pour lui rappeler qu'elle allait passer d'un seul chiffre, le neuf, à deux, le dix, et qu'il en serait ainsi toute sa vie.

Anna ne comprenait pas ce qu'il y avait là d'exceptionnel, mais elle était sensible à l'importance que semblaient y accorder les grandes personnes. Elle leur faisait confiance : elles savaient.

Anna retint son souffle.

Deux vieilles femmes vêtues de noir s'avançaient à petits pas sur la route. L'une portait un arrosoir, l'autre un râteau et une pelle.

Anna reconnut la mercière et sa sœur qui allaient jardiner sur leur tombe. Elle détestait devoir les embrasser : l'une comme l'autre avaient de la moustache et, pis encore, mauvaise haleine. Malheureusement, elle était obligée de leur montrer de l'affection depuis le jour où elle avait confié à sa grand-mère le dégoût qu'elles lui inspiraient. Mamie l'avait accusée de manquer de charité chrétienne et l'envoyait depuis faire ses courses à la mercerie. Après quoi elle lui demandait, sévère, si elle avait « exercé son bon cœur ». Anna espérait que cette habitude allait disparaître maintenant qu'elle avait dix ans.

Cette perspective la rendit audacieuse.

– Ohé, bonjour, cria-t-elle en agitant les bras.

Les deux vieilles demoiselles relevèrent la tête et considérèrent avec surprise la petite fille installée en haut du mur.

– Qu'est-ce que tu fais là, perchée comme une grive ?

– J'attends qu'on vienne me chercher pour aller à Paris.

Les deux demoiselles échangèrent quelques mots à voix basse. Puis elles examinèrent à nouveau Anna, austères et réprobatrices.

– A ton âge, on ne laisse plus pendre ses jambes, comme ça, devant tout le monde. Ça fait mauvais genre.

– Tu devrais te coiffer, de quoi as-tu l'air avec les cheveux sur les yeux ?

Anna eut envie de leur réciter le chapelet d'injures qu'elle tenait du capitaine Haddock, mais jugea plus prudent de se taire. Elle se contenta de les narguer en agitant ses pieds chaussés de sandales rouges, presque neuves.

Elle se savait mignonne dans sa robe de laine grise, avec ses jambes nues, déjà un peu hâlées et griffées par ses expéditions dans la partie la plus sauvage du parc.

Ses cheveux châtains et bouclés avaient été lavés la veille et encadraient joliment son visage.

Anna, aujourd'hui, était invulnérable.

– Bien le bonjour chez vous, leur dit-elle en leur désignant le cimetière.

Elle pouffa et regretta l'absence de Jean-Baptiste. Il aurait apprécié sa malice beaucoup mieux que ne le faisaient ses vieilles ennemies. La mercière, d'indignation, eut une crise d'asthme et sa sœur menaça :

– Méchant garnement, attends un peu que je parle à ta Mamie !

Elles reprirent péniblement leur marche et disparurent derrière la grille en fer forgé du cimetière.

Anna les oublia aussitôt et se concentra sur cette excitante question : qui serait au volant de la voiture ? Elle allait, d'un instant à l'autre, passer sous son mur et freiner, un peu plus bas, devant la propriété.

Anna aurait aimé que ce fût sa mère, mais cette hypothèse lui parut improbable : elle devait être occupée à donner un air de fête à leur nouvel appartement de l'avenue Mozart.

Son absence, tout à coup, lui parut cruelle.

C'était la première fois qu'elle s'était réveillée seule, un jour aussi important.

Lors de ses précédents anniversaires, sa mère observait un rituel qu'Anna affectionnait autant que celui qui consistait à aligner ses chaussures devant la cheminée, la veille de Noël. Sa mère, donc, entrait, silencieuse, dans sa chambre et déposait près du lit un plateau avec du chocolat et des brioches. L'odeur sortait Anna du sommeil. Elle découvrait alors ses cadeaux et une fleur : la plupart du temps, une jacinthe rose.

Ce souvenir la rendit triste.

Ce qui se préparait en son honneur à Paris devait être bien important pour qu'on ne lui ait pas encore souhaité son anniversaire.

Pourtant certains l'avaient fait. Jean-Baptiste lui avait offert un timbre qu'il avait, héroïque, retiré de son album, et Anna avait dû feindre un plaisir qu'elle n'éprouvait pas.

Même déception avec Mamie qui lui avait donné non pas des livres de la collection « Signe de piste », comme elle s'était acharnée à le lui suggérer, mais un exemplaire luxueusement relié des Évangiles.

Seul Jules, le jardinier, avait su la combler en lui promettant de l'amener, à l'aube, voir les biches et les cerfs se désaltérer dans le lac du bois Saint-Laurent.

Jules, qui travaillait près des poiriers du Japon, s'était rapproché et déchargeait des fagots sous le hangar.

– Qu'est-ce que tu fais là, petite ?

– J'attends qu'on vienne me chercher.

Elle se déplaça pour lui faire face et ajouta avec importance :

– Papa veut qu'on rentre. Mon anniversaire, tu comprends...

Jules soupira :

– Ton papa...

– Mon papa, parfaitement !

Elle se tut, pensive. Cela faisait plusieurs semaines que son père était en voyage. Elle avait reçu de lui, quelques jours auparavant, une carte postale représentant le Mont-Blanc. Elle se dit qu'il lui avait peut-être ramené une boîte de chocolats Frigor, et perdit patience.

– Mais qu'est-ce qu'ils mettent comme temps pour venir de Paris. Quelle heure est-il ?

– L'heure de te préparer. Descends de là, ce n'est pas prudent.

Anna le considéra avec reproche.

– Avec moi, rien à craindre... Tu confonds avec Jacqueline...

Elle rit en se souvenant du jour où sa cousine, celle qui lui racontait toujours d'horribles histoires de meurtres et d'enlèvements, avait voulu la suivre tout en haut du noyer. L'ascension s'était bien déroulée, mais une fois au sommet, Jacqueline avait été prise de vertige.

Agrippée aux branches, incapable de remuer d'un centimètre, elle avait supplié Anna de la secourir.

Mais celle-ci, estimant qu'elle tenait enfin sa revanche, l'avait abandonnée à son triste sort.

Pas pour longtemps, hélas, car Jules était intervenu, avait posé une échelle le long du tronc et sauvé la malheureuse Jacqueline.

– A ton avis, qui vient me chercher? Papa?

– Ton papa? Bien sûr que non.

Son assurance surprit Anna. Elle le regarda avec plus d'attention. Jules, estima-t-elle, savait quelque chose et il convenait de l'interroger avec prudence et doigté.

Elle lui adressa son plus joli sourire, plissa les yeux, arrangea sa robe autour de ses genoux et suggéra :

– Toi, tu me caches quelque chose...

Jules lâcha la brouette qu'il s'apprêtait à charger et se campa sous le mur, les poings sur les hanches.

– Ça suffit maintenant. Descends immédiatement ou je monte t'attraper et gare à tes fesses!

Anna obéit. Elle l'aida à rassembler ses outils, attentive à toute autre parole susceptible de la renseigner.

Mais Jules ne dit plus rien. La brouette pleine, il la poussa dans le chemin qui conduisait au potager.

Elle le suivit, de plus en plus perplexe.

Ils arrivèrent devant la maison.

Sur le perron en pierre, face à la grande pelouse et au portail, Jean-Baptiste, lui aussi, guettait la voiture. Quand il les vit, il courut au-devant de sa sœur et lui expliqua que Mamie la cherchait et qu'elle était très mécontente.

Les mots se bousculaient dans sa bouche : Jean-Baptiste, quand il était ému, bafouillait toujours un peu.

– Elle veut pas qu'on s'éloigne.

Anna, soudain de mauvaise humeur, se laissa tomber sur la pelouse et écrasa un parterre de crocus.

– Bravo, ne te gêne surtout pas! Ça fait plaisir de voir comme tu respectes ce que je plante pour embellir votre propriété!

Jules paraissait très en colère.

– J'ai horreur des crocus!

Anna mentait. Elle adorait ces fleurs qui annonçaient le printemps et n'ignorait pas que celles-ci, celles qu'elle venait de briser, étaient les dernières de la saison.

Après viendraient les pivoines et cette perspective l'exaspéra. Il lui semblait que le monde entier était sur le point d'oublier son anniversaire.

– Les crocus jaunes aussi? s'étonnait Jean-Baptiste.

– Les jaunes, les violets, tous.

A cet instant une ID noire, impeccablement astiquée, franchit le portail et vint se garer au bas de la pelouse.

Un homme d'une quarantaine d'années en descendit et s'engagea dans l'allée qui montait vers la maison.

Anna et Jean-Baptiste eurent en même temps un même soupir. C'était leur oncle Arnaud, le frère aîné de leur mère, et ils étaient horriblement déçus.

Au premier étage, une fenêtre s'ouvrit et Mamie apparut. Elle eut un gracieux geste de bienvenue à l'égard du nouvel arrivant. Sa voix posée se fit entendre.

– Arnaud, mon chéri, je commençais à m'inquiéter.

– Bonjour, mère, je monte ou vous descendez?

– Je descends.

Quelques secondes après, Mamie sortait de la maison en s'appuyant sur sa canne.

Elle était vêtue de noir, comme à l'ordinaire, et avait chaussé ses bottillons de promenade. Elle paraissait oppressée et coupa court aux effusions.

– Comment ça va à Paris?

– Ça va encore.

– Serge?

– Il était à Lausanne... Il est rentré à l'aube.

Anna se jeta contre les jambes de sa grand-mère.

– Papa est rentré?

– Papa est rentré? répéta, comme un perroquet, Jean-Baptiste.

La vieille dame eut une mimique contrariée.

– Oui, votre papa est de retour...
– Ah ! Chic alors !

Elle ignora le cri de joie d'Anna et se retourna vers son fils.

– Faisons le tour du parc.
– Et votre jambe, mère ?
– Il s'agit bien de ma jambe !

Oncle Arnaud serra la main tendue de Jules, ébouriffa les cheveux d'Anna, tapota la nuque de Jean-Baptiste.

– Tenez-vous prêts, les enfants, nous partirons dans un quart d'heure.

Il prit le bras de sa mère et tous deux s'éloignèrent vers la partie de la propriété que l'on appelait « la Forêt ».

Jean-Baptiste fut le plus prompt à réagir.

– Qu'est-ce qu'il a, çui-là ?
– On ne dit pas çui-là en parlant de son oncle Arnaud, corrigea Jules.
– Qu'est-ce qu'il a, oncle Arnaud ?
– Des soucis.

Jean-Baptiste, les yeux ronds, crut avoir mal entendu.

– Des soucis ?
– Oui.
– Des fleurs ?

Jules éclata de rire et Jean-Baptiste, vexé, quémanda l'aide de sa sœur. Mais celle-ci lui jeta un regard méprisant.

– Que tu es bête, Jean-Baptiste.

Elle se retourna vers Jules.

– Et pourquoi il a des soucis justement aujourd'hui ?
– Ne t'occupe pas de ces choses-là, ce sont des problèmes de grandes personnes.

Anna tapa du pied. Rien n'était à la hauteur de ce qu'elle avait imaginé. Elle avait espéré son oncle Henri ou sa tante Betty et on lui envoyait oncle Arnaud, le père de sa cousine Jacqueline.

Jean-Baptiste, devinant les causes de sa révolte, en profita pour amorcer une réconciliation.

– Et il ne t'a même pas souhaité ton anniversaire...

– T'as vu, hein ?

Elle se tut et regarda fixement en direction de la Forêt où les deux silhouettes avaient disparu derrière une haie de noisetiers.

– T'en fais pas... Ils te le souhaiteront à Paris, ton anniversaire, dit Jules en lui pinçant le menton.

Elle lui sourit. Avec quelques mots, il venait de dissiper toutes ses craintes. Elle devina alors que son oncle Arnaud n'était pas là par hasard.

Sa présence donnait quelque chose de mystérieux à ce voyage en voiture, quelque chose qui devait la désorienter, lui faire oublier qu'une fête se préparait, dans le plus grand secret, avenue Mozart.

– Il le fait exprès d'oublier mon anniversaire, dit-elle à Jean-Baptiste.

Et comme il ne comprenait pas.

– Ça fait partie du plan...

– Comment ça, quel plan ?

Mais Jules s'en retournait au potager. Il embrassa les deux enfants, leur souhaita une bonne route et jura sur ses plantations qu'il les mènerait, dès leur retour, voir les biches et les cerfs se désaltérer dans le lac du bois Saint-Laurent.

A peine se fut-il éloigné, qu'Anna, très excitée, prit les choses en main.

– Moi, je vais préparer nos affaires, toi, tu vas les espionner.

– Espionner qui ?

– Mamie et oncle Arnaud.

Jean-Baptiste hurla de joie. Il adorait les missions de confiance et celle que venait de lui assigner sa sœur était une des plus importantes de sa vie. Il en bafouilla d'émotion.

– Je vais ramper dans la prairie.

– Non, l'herbe n'est pas assez haute, ils te verraient. Suis-les par les buissons qui longent la clôture.

– Oui, oui, oui.

– Va les attendre près de la porte Normande et rapporte-moi tout ce qu'ils auront dit. File maintenant.

Jean-Baptiste disparut en bondissant et Anna rentra dans la maison.

Leur chambre se trouvait au deuxième étage et donnait au sud, du côté de la Forêt.

Anna scruta le parc par la fenêtre sans rien y surprendre d'inquiétant. Les silhouettes de Mamie et d'oncle Arnaud apparaissaient parfois au détour d'une allée, mais elle n'aperçut pas les cheveux blond paille de son petit frère. Elle en fut très satisfaite.

Au-dessus de son lit, un ange gardien en plâtre lui souriait. Elle lui avait cassé une aile en jouant au ballon, et, depuis, n'osait plus s'adresser à lui.

Mais aujourd'hui, dans les rayons du soleil, il avait l'air d'être son complice.

Elle lui envoya un baiser du bout des doigts.

Dans une petite valise Air France, elle entassa quelques vêtements, des affaires de toilette et cinq albums de la collection du Lombard.

Elle vit alors, bien en évidence sur la table de nuit, l'exemplaire tout neuf des Évangiles et pensa qu'elle pouvait s'en passer. Mais l'ange gardien semblait le lui désigner de son aile intacte. Alors elle choisit de lui obéir et jouit, un instant, de se sentir tout à la fois docile, charitable, pieuse et chrétienne.

Ce court moment de bien-être passé, elle s'occupa de son cartable. Aux cahiers et aux livres de classe elle ajouta un jeu des sept familles, un pistolet à pétards et un marsupilami en caoutchouc mousse.

– Enfants! Enfants!

Mamie appelait.

Anna dévala l'escalier, jeta au passage ses deux bagages sur le coffre du vestibule et courut dehors.

Assis sur le banc de fer que Jules sortait dès les premiers beaux jours, Mamie et oncle Arnaud devisaient. Ils lui tournaient le dos et ne l'avaient pas entendue venir.

– Pensez donc, mère, il était hier soir avec Léopold Senghor et son épouse à la Comédie-Française où l'on donnait *Britannicus*.

Mamie lui coupa brutalement la parole.

– Jeudi, le ministère des Armées a affirmé « qu'il était exclu que l'armée sorte de la discipline ». Se sont-ils trompés à ce point ?

Oncle Arnaud s'impatienta.

– Jeudi, dites-vous ? Mais c'est à Serge que vous devriez demander des comptes ! Vous savez ce que je pense de ses prises de position.

– Arnaud !

– Vous verrez comme vous allez regretter d'avoir rappelé le Général en 58 !

Jean-Baptiste apparut derrière les tulipiers. Il avait de la terre sur le visage et sur les mains mais ses yeux brillaient d'excitation.

Mamie prit un air dégoûté.

– Que tu es sale, mon pauvre enfant !

Anna saisit l'occasion.

– Ne vous dérangez pas, Mamie, je l'emmène se débarbouiller.

– Prenez vos manteaux et vos écharpes, on va partir, leur cria oncle Arnaud.

Il y avait un lavabo dans le couloir qui conduisait à la cuisine. Anna ouvrit les robinets.

– Alors ?

– J'ai été formidable, for-mi-dable. Ils ne m'ont pas vu, ils ne m'ont pas entendu...

Il se savonnait les mains, savourant son exploit. Anna, impatiente, lui donna une tape sur l'épaule.

– ... Mais moi, je n'ai pas tout très bien compris...

Elle le secoua.

– ... Un complot, ils parlaient d'un complot...

Anna le lâcha avec un soupir d'aise. Ce seul mot confirmait tous ses soupçons.

– Le complot pour mon anniversaire...

Jean-Baptiste resta prudent.

– Peut-être.

– Quoi encore ?

Il baissa la tête, soudain penaud.

– J'ai mal retenu.

Elle le pinça, il poussa un petit cri.

– Ils parlaient de gens qu'on ne connaît pas...

– Ils ont invité des gens qu'on ne connaît pas pour mon anniversaire ?

Elle se recula d'un pas pour mieux réfléchir.

La crainte qu'elle lui fît mal à nouveau réveilla la mémoire capricieuse de Jean-Baptiste.

– Le général de Gaulle.

– Le général de Gaulle !

Anna en perdit le souffle.

Elle savait que le général de Gaulle était président de la République et qu'il faisait se disputer entre eux les membres de sa famille. Elle l'avait vu en photo sur le bureau de son père et entendu, croyait-elle, à la radio.

Se pouvait-il que ses parents l'aient invité en l'honneur de ses dix ans ? Était-ce donc si important de passer d'un seul chiffre à deux ? Personnalité pour personnalité, elle aurait mille fois mieux aimé souffler ses bougies en présence de Brigitte Bardot ou de Sacha Distel.

Jean-Baptiste devait se tromper, c'était impossible. Mais cela la fit rêver.

– Les Compagnons de la Chanson, ça ce serait bien...

– Anna, Anna...

Le petit garçon la tirait par la manche de sa robe.

– Je me souviens, ils ont parlé d'hommes léopards.

– De quoi ?

– D'hommes léopards.

– Tu es sûr ?

– Sûr et certain.

Le visage d'Anna s'assombrit.

– Qu'est-ce que ça veut dire ?

Jean-Baptiste prit un air important.

– Moi, je sais.

Il marqua un temps d'arrêt et expliqua.

– Les hommes léopards, il y en a dans *La Griffe noire,* tu sais, cette histoire d'Alix qui me fait si peur...

Elle le regarda avec une admiration non feinte.

– Tu es très malin.

– Oui.

– Mais quel rapport avec mon anniversaire ?

Ils réfléchirent en silence quelques secondes, puis prononcèrent en même temps cette phrase que leur oncle Henri leur avait apprise et qu'ils répétaient chaque fois que le monde des adultes leur devenait trop obscur :

– « Chapitre deux, le mystère s'épaissit. »

Ils éclatèrent de rire.

– Vous êtes bien gais, mes enfants, soupira Mamie qu'ils n'avaient pas vue venir.

Elle s'assura que leurs mains étaient propres et les poussa dans le vestibule.

Du premier étage, parvenait le son d'une radio :

– Promettez-moi d'être sages...

Elle aida Anna à enfiler son manteau, puis la prit dans ses bras et l'embrassa.

– Tu veilleras sur ton petit frère, tu es une grande fille maintenant.

Anna, impressionnée par le sérieux de ces recommandations, ne savait que répondre. Sa grand-mère, toujours si énergique, paraissait, ce jour-là, étrangement soucieuse et fatiguée.

– J'ai hâte de vous avoir de nouveau avec moi, mes enfants chéris, dit-elle encore.

Elle noua l'écharpe autour du cou d'Anna et rectifia celle de Jean-Baptiste.

– Vous saurez vous occuper de Bambi, Mamie ? demanda-t-il.

– Du chien ?

– Oui, Mamie, il est si malheureux avec sa patte plâtrée. Vous le prendrez avec vous cette nuit ?

Mamie eut un air offusqué.

– Ah, ça non, par exemple ! Quelle idée invraisemblable ! Bambi dormira dehors, dans sa niche.

Jean-Baptiste, très agité, trépignait. Il bafouilla d'une voix aiguë :

– Si vous ne dormez pas avec Bambi, alors je l'emmène à Paris !

Oncle Arnaud descendait lentement l'escalier. Anna, d'abord déconcertée par l'initiative de son petit frère, choisit de faire front avec lui. Elle cria :

– Vous voulez bien, mon oncle, qu'on emmène Bambi ?

– A Paris, précisa Jean-Baptiste.

La réponse claqua dans le vestibule sonore.

– Non !

Oncle Arnaud était arrivé au bas des marches. Il se tenait, raide et préoccupé, sous la tête du sanglier empaillée qui ornait le mur.

– Quelles nouvelles ? demanda Mamie.

– Un coup de filet, avenue Kléber : l'état-major du complot de Paris se trouve sous les verrous.

Jean-Baptiste bouscula sa grand-mère et se jeta, suppliant, aux pieds de son oncle.

– S'il vous plaît, prenons Bambi avec nous.

– Jean-Baptiste ! cria Mamie.

Anna sentit qu'elle devait sauver la situation.

– C'est mon anniversaire, après tout, dit-elle d'une voix flûtée.

– Hein ? Quoi ?

– C'est mon anniversaire, vous avez oublié de me le souhaiter...

– Je suis témoin, la coupa Jean-Baptiste.

– ... Vous devez avoir vos raisons, je les ai devinées, c'est pourquoi je vous dis qu'avec Bambi, la fête sera vraiment complète. Alors, c'est oui ?

– C'est oui ? insista Jean-Baptiste.

D'exaspération, oncle Arnaud se couvrit le visage des deux mains.

Quelques coups de canne furieux frappés sur le sol dallé du vestibule les firent se retourner. Mamie, très pâle, les foudroyait du regard.

– Vous devriez avoir honte. Taisez-vous et allez immédiatement dans la voiture. Non, je ne veux même pas vous embrasser.

Les enfants, domptés, quittèrent la maison et se dirigèrent vers le portail.

Jean-Baptiste reniflait, au bord des larmes.

Ils atteignirent la voiture en même temps que leur oncle qui avait coupé par la pelouse.

– Vous aviez oublié vos bagages, étourneaux que vous êtes!

Il les installa à l'arrière.

Jules, sa femme et l'aide-jardinier s'étaient regroupés à quelques mètres.

Mamie, dressée sur la plus haute marche du perron, dominait son monde, majestueuse et glacée.

La voiture fit une légère manœuvre, franchit le portail et prit la route de Paris.

Ils roulèrent ainsi pendant des kilomètres dans un silence que seuls troublaient les reniflements de Jean-Baptiste.

Anna était tournée vers la fenêtre et faisait semblant de regarder ce paysage de Seine-et-Oise qu'elle connaissait par cœur et détestait. Il était laid, il était morne, il lui rappelait une cascade de mauvais souvenirs, tous liés à la fin des vacances et à la rentrée des classes.

D'ailleurs, pour peu, elle s'y serait crue : n'y avait-il pas un cartable glissé entre ses jambes et son petit frère qui pleurnichait à ses côtés?

– Vous n'êtes pas très bavards, les enfants.

Oncle Arnaud les surveillait, un peu inquiet, dans le

rétroviseur. Anna jugea qu'il méritait plus d'indulgence. Ce n'était pas sa faute s'il était antipathique, car, comme le lui avait expliqué Mamie, il souffrait du foie.

Elle se pencha vers lui, décidée à se montrer aimable.

– Vous vous portez bien, oncle Arnaud ?

– Qu'est-ce que tu veux dire ?

Patiente, elle expliqua, avec les mots et les tournures de phrase que les grandes personnes, avait-elle remarqué, employaient.

– Je veux dire : comment va votre santé, votre famille, votre travail ?

Il se tourna vers l'arrière, un peu surpris.

– Si les événements me le permettent, je pense refaire une cure à Châtelguyon...

– Et Jacqueline ?

– Ta cousine va bien. Sauf qu'elle ne fait rien en classe et qu'elle risque de redoubler...

Anna, que ces dernières paroles ravissaient, osa un petit sourire tout à la fois poli et contrit, que son oncle, malheureusement, ne vit pas.

Jean-Baptiste, quant à lui, jouait avec le marsupilami. Ces propos ne le concernaient pas, et il avait horreur de voir sa sœur faire la grande...

– Ouille !

Oncle Arnaud venait de freiner sec et Jean-Baptiste, projeté de côté, s'était cogné la tête contre la vitre.

– Excusez-moi, les enfants, c'est la faute de ce chauffard qui...

Il ne termina pas sa phrase et se gara le long du trottoir.

Anna vit qu'il avait sorti un plan de la capitale et qu'il s'apprêtait à le consulter.

– Vous êtes perdu ? demanda-t-elle.

– Je cherche le meilleur chemin pour aller chez vous.

Anna prit un air important.

– Maman passe toujours par la Goutte d'Or.

Oncle Arnaud lâcha le plan.

– La Goutte d'Or, en ce moment! Mais, petite innocente, tu sais ce que c'est, la Goutte d'Or?

– Oui, c'est un quartier de Paris.

– « Un quartier de Paris », répéta-t-il en imitant sa voix, et qui sont les habitants de ce « quartier de Paris »?

– Les... heu... les Algériens?

Oncle Arnaud eut plusieurs raclements de gorge annonciateurs d'un long discours et, sans un regard pour les enfants :

– Tu sais qu'il y a la guerre en Algérie...

Il remit la voiture en marche.

Anna sentit l'énervement la gagner. Elle savait que toute discussion sur l'Algérie était interminable.

– ... avec des attentats... des morts...

Oncle Arnaud marqua une pause et Anna en profita.

– Je sais : le FLN, l'OAS, la CGT.

Oncle Arnaud sursauta et la voiture fit une légère embardée.

– Le FLN, l'OAS et quoi?...

– La CGT!

– Et qu'est-ce que c'est, le FLN, l'OAS et la CGT?

Anna rougit, balbutia :

– Les OAS sont des bandits, les FLN combattent pour une juste cause, et les CGT sont à l'usine...

Elle se tut, à court d'idées. Il y eut un long silence pendant lequel oncle Arnaud parut puiser un certain réconfort. Puis il se mit à rire.

– « Des bandits »... ça par exemple... « Combattre pour une juste cause »... Mais ton père lui-même te désavouerait, ma pauvre enfant! Il est vrai qu'il s'occupe plus de cette « juste cause » que de ton éducation... Et que disais-tu encore? « les CGT sont à l'usine »?...

Anna allait répondre quand une main nerveuse, un peu moite, se posa sur la sienne. Jean-Baptiste la regardait avec ce sourire que Mamie appelait « son sourire d'ange ».

– Ne lui parle plus, il est trop bête, dit-il à mi-voix.

Elle se serra contre lui, soulagée.

– La place du Trocadéro!

– L'avenue Paul-Doumer!

– La Muette!

– L'avenue Mozart!

Les enfants reconnaissaient leur quartier et hurlaient de joie.

Oncle Arnaud gara la voiture près de la station de métro Jasmin.

– Ne bougez pas, je reviendrai vous chercher.

Il traversa l'avenue Mozart.

C'était l'heure du déjeuner, les rues étaient presque vides et pourtant, à l'angle de la rue Ribéra, un homme en imperméable se tenait appuyé contre l'immeuble de leurs parents.

Anna se demanda s'il s'agissait d'un de ses invités. Son impression se renforça quand elle le vit échanger quelques mots avec son oncle.

– Tu le connais? chuchota-t-elle à l'intention de Jean-Baptiste.

– Non...

Oncle Arnaud, de retour, leur ouvrait la portière.

Les enfants jaillirent tels deux diables.

– Traversez dans les clous!

Ils obéirent, excédés, mais ralentirent devant l'homme en imperméable.

– Qui c'est çui-là? dit Jean-Baptiste en le désignant du doigt.

Oncle Arnaud lui donna une tape sur l'épaule et le poussa, ainsi qu'Anna, dans le hall de l'immeuble. Un ascenseur les mena au troisième étage.

– Vous voilà chez vous, leur dit oncle Arnaud en tirant une clef de sa poche.

L'entrée de l'appartement était grande, un peu sombre. Encadrant la fenêtre, il y avait leurs deux portraits qu'un peintre, ami de toujours de leur famille, avait exécutés l'été dernier. Des tulipes, blanches et roses, s'échappaient d'un vase en cristal et mettaient une note de couleur sur les murs tendus d'un tissu gris clair. Une moquette épaisse recouvrait le sol.

Les enfants, impressionnés, hésitaient à enlever leurs manteaux et à se déplacer plus avant dans l'appartement.

– Maman a bien décoré, finit par dire Anna.

– Elle est où ? demanda Jean-Baptiste.

– Mademoiselle Barbara! appela oncle Arnaud.

Une jeune fille très mince, vêtue d'un pull-over noir collant et d'un pantalon corsaire, apparut alors dans l'embrasure d'une porte.

Elle était pieds nus et tenait un livre d'art à la main.

– Mlle Barbara est allemande et fait ses études à Paris. Elle s'occupera très bien de vous.

Un silence consterné suivit ces paroles.

Anna et Jean-Baptiste regardaient la pointe de leurs chaussures, butés, hostiles.

– Quelque chose ne va pas ?

Anna réagit la première.

– Où est maman ?

Oncle Arnaud haussa les épaules et se retourna vers la jeune fille.

– Madame vous a-t-elle dit quand elle rentrerait ?

– Madame pense être de retour dans l'après-midi.

Sa voix était agréable, avec un léger accent étranger.

Anna pensa que sa mère était aux Galeries Lafayette en train de lui choisir ses cadeaux et décida d'être plus aimable avec la jeune Allemande. Mais un doute subsistait.

– Et papa ?

– Ton papa est très occupé... Tu ne le verras pas avant cette nuit, ou demain... ou même après-demain...

Son oncle avait eu, pour lui répondre, une expression contrariée qui la surprit.

Elle pressentit alors qu'il lui cachait quelque chose et que ce qu'il lui cachait n'avait peut-être rien à voir avec son anniversaire.

Elle se rappela ce qui était arrivé à Monique, sa meilleure amie. Monique, un jour, était rentrée du supermarché et avait trouvé sa famille réunie en conseil. On lui avait annoncé que ses parents divorçaient et qu'elle devait partir en pension.

Un coup de feu éclata.

Oncle Arnaud courut vers la porte et Mlle Barbara se jeta à terre. Seul Jean-Baptiste, son pistolet à pétards à la main, n'avait pas bougé.

Très satisfait, il visait le portrait de sa sœur et s'apprêtait à tirer une nouvelle fois. Mais il n'en eut pas le temps. Oncle Arnaud l'avait attrapé par le col de son manteau et lui administrait, à toute volée, une paire de gifles.

– Sale gosse, sale gosse, répétait-il en le secouant.

Jean-Baptiste hurla et appela au secours.

La porte s'ouvrit, l'homme à l'imperméable se glissa dans la pièce.

Oncle Arnaud lui désigna le petit garçon qui était tombé à genoux et qui sanglotait.

– C'est ce sale gosse avec son pistolet à pétards!

L'homme eut un regard bref en direction des enfants et repartit comme il était venu.

Oncle Arnaud rajustait machinalement sa cravate. Ses mains tremblaient, un tic nerveux agitait ses lèvres.

Anna s'accrocha à sa veste.

– J'ai peur, j'ai peur, gémit-elle.

– Tu n'as aucune raison d'avoir peur. Quelqu'un est là, en bas, qui veille sur vous, tu l'as vu.

– J'ai peur que papa et maman divorcent...

Oncle Arnaud leva les bras au ciel, indigné.

– Tes parents font des bêtises, c'est vrai, mais pas celle que tu crains... D'ailleurs, on ne divorce pas dans notre famille... Mets-toi ça dans la tête une fois pour toutes... Oh, et puis zut!...

Il désigna Anna et Jean-Baptiste à Mlle Barbara.

– Ces enfants me rendent fou. Je vous souhaite beaucoup de courage, mademoiselle...

Il vérifia l'ordre de sa tenue dans le miroir et fit claquer ses doigts.

– Je m'en vais, maintenant. Mlle Barbara va vous faire déjeuner et vous attendrez sagement le retour de vos parents. Et surtout, pas de commentaires !

Les enfants, assis dans la cuisine, mangeaient le jambon et les nouilles que leur avait préparés Mlle Barbara.

Celle-ci, un peu à l'écart, fumait une cigarette en feuilletant, l'air très absorbé, un magazine de mode.

Anna et Jean-Baptiste commentaient à voix basse leur nouvel appartement.

Des chambres au salon, en passant par le bureau de leur père, la salle à manger et les deux salles de bains, tout avait été refait à neuf. Quelques relents de peinture se mêlaient encore à une tenace odeur de cire et au parfum sucré de leur mère.

Mais ce qui les avait le plus impressionnés, c'était la présence, tout à fait inattendue, d'un gros poste de télévision dans la chambre de leurs parents.

Jamais auparavant, ils n'en avaient vu un d'aussi près et Anna pensait qu'on l'avait peut-être acheté en l'honneur de ses dix ans...

– ... Et donc, je n'aurai pas plein de cadeaux, mais un seul, celui-là, conclut-elle en repoussant son assiette.

Elle guetta un signe d'approbation chez Jean-Baptiste, mais il fit comme s'il n'avait pas entendu. Il avait mangé avec appétit et achevait un deuxième yaourt à la vanille.

– Goinfre, dit Anna.

Mlle Barbara leva les yeux de son journal et, souriante, intervint :

– Vous allez dans votre chambre et vous commencez vos devoirs.

Anna et Jean-Baptiste la regardèrent avec stupéfaction. Elle venait de s'exprimer en français, mais c'était comme si elle avait parlé une langue étrangère.

– Vous n'avez pas de devoirs, pas de leçons ?

– Pas un jour comme aujourd'hui, mademoiselle, protesta Anna.

– Un jour comme aujourd'hui ?

C'était elle, maintenant, qui était la plus étonnée. Elle examina tour à tour le frère et la sœur puis se mit à rire.

– Je viens seulement de comprendre... Eh bien, allez jouer, puisqu'on ne fait pas ses devoirs « un jour comme aujourd'hui ».

– Elle nous traite vraiment comme des bébés, se plaignait Anna, de retour dans leur chambre.

Jean-Baptiste, selon son habitude, s'était allongé par terre et faisait rouler ses petites autos qu'il venait de retrouver dans le coffre à jouets.

Il ignorait sa sœur qui, campée devant un miroir, interrogeait obstinément son image.

– Ça ne se voit pas que j'ai dix ans ?

– Pas tant que ça.

– Tu es jaloux à cause de mon poste de télévision !

Jean-Baptiste, prudent, rampa derrière le coffre à jouets et, rassuré par l'obstacle qui se dressait entre sa sœur et lui, osa :

– Ce n'est pas parce que c'est ton anniversaire que c'est ton poste de télévision...

S'attendant à une riposte, il s'aplatit sur la moquette. Mais Anna examinait le dessin des rideaux et chantonnait avec application la chanson du film *Le Pont de la rivière Kwaï*.

– Anna... appela-t-il d'une voix suppliante.

– « Hello, le soleil brille, brille, brille... »

– Anna...

– Oui ?

– On joue aux sept familles ?

– Si tu veux.

Elle sortit les cartes de son cartable et commença à les battre.

– C'est long, quand même, soupira-t-elle.

Ils enchaînèrent plusieurs parties.

Anna guettait les bruits de l'ascenseur et consultait sans cesse sa montre.

Elle jouait mal, perdait souvent et Jean-Baptiste exultait.

– Je t'ai battue à plate couture, je te défie au mikado.

Elle lui fit une grimace dégoûtée.

– Aux dominos, alors ?

– Si tu veux.

L'après-midi s'achevait.

Couchés à plat ventre sur le tapis et se faisant face, les enfants jouaient.

Anna, pour la première fois depuis le début de la partie, alignait un double six lorsque la sonnerie du téléphone se fit entendre.

Elle mit quelques secondes avant de réaliser que cela provenait du bureau de son père et y arriva, de ce fait, trop tard. Mlle Barbara venait juste de raccrocher.

– Qui c'était ? demanda Jean-Baptiste qui l'avait rejointe.

– Votre maman. Elle est un peu en retard. Elle souhaite que vous preniez un bain et que vous dîniez.

– Elle n'a pas demandé à me parler ? demanda à son tour Anna.

– Elle appelait du palais de l'Élysée... Je vais tout vous raconter, vous verrez comme c'est amusant...

Et tandis que l'eau du bain coulait, elle se lança dans une histoire extravagante qu'ils eurent beaucoup de mal à suivre. Il y était question de l'Algérie en état de guerre et d'une poignée de traîtres, des généraux de l'armée française, qui y avaient pris le pouvoir. Un mot revenait dans son récit, un mot qu'ils n'avaient jamais entendu auparavant et qui, sans aucun doute, devait être allemand : putsch.

Ce mot plaisait beaucoup à Jean-Baptiste qui le scandait en faisant des bulles.

– ... Et c'est pourquoi votre père est rentré si vite de Lausanne, et c'est pourquoi votre mère est allée le rejoindre à l'Élysée.

Anna aurait aimé questionner davantage la jeune fille, mais elle n'osait pas. Elle avait déjà mis son pyjama et sa robe de chambre, et regardait avec répugnance son frère faire le bébé. Il avait passé ses bras autour du cou de Mlle Barbara et la suppliait de le porter jusqu'à la cuisine...

Le même repas qu'à midi les attendait : jambon, coquillettes, yaourts. Tous trois s'assirent à table et commencèrent à manger.

– Putsch, putsch, chantonnait Jean-Baptiste entre deux bouchées.

Anna, de plus en plus désemparée, ne savait que dire.

Son frère en profita.

– C'est ça ton dîner d'anniversaire ?

Anna allait lui lancer le contenu de son verre à la figure mais des bruits de clef et de porte claquée arrêtèrent son geste. Puis sa mère et sa tante firent leur apparition dans la cuisine. Elles paraissaient à la fois épuisées et très excitées.

Anna se jeta dans les bras de sa mère avec une violence qui les fit chanceler.

– Et moi ? glapit Jean-Baptiste en l'imitant.

La jeune femme, bousculée d'un côté, tiraillée de l'autre, cherchait en vain à retrouver son équilibre. Elle prenait à témoin sa belle-sœur Betty :

– Quels fauves !

Betty, debout près de Mlle Barbara, paraissait s'amuser beaucoup.

– Dire que tu les as crus en danger à la campagne... mais ils auraient fait reculer un régiment de parachutistes !

– Quels parachutistes ? Buck Danny ? demanda Jean-Baptiste.

Mlle Barbara s'interposa.

– J'ai essayé de leur expliquer, je ne sais pas s'ils ont compris.

La sonnerie du téléphone résonna de nouveau. Tante Betty courut répondre.

Un silence s'installa dans la cuisine. Anna regardait sa mère et s'effraya de son air soucieux. Elle allait lui en demander la cause quand Betty revint, rayonnante.

– C'était Serge !

– Papa ? cria Anna.

Betty approuva de la tête et se laissa tomber sur une chaise.

– Quelle journée !

Sa belle-sœur s'assit à son tour et lui tendit une cigarette.

– C'est terminé ?

– ... En France, oui.

– Champagne, alors, on l'a bien mérité !

Anna se retourna vers sa mère, pleine d'espoir.

On ne sortait le champagne que dans les grandes occasions et son anniversaire n'était-il pas la plus grande des occasions ?

Elle vit Mlle Barbara disposer un seau à glace, cinq coupes et reprit confiance. On ne l'avait pas oubliée. Betty avait trouvé une bouteille de champagne dans le garde-manger. Elle alluma une seconde cigarette au mégot de la première et dit :

– Serge m'a répété le mot du Général, à dix-sept heures, lors du Conseil des ministres...

– Quoi ?

– ... Il a dit : « Ce qui est grave, messieurs, dans cette affaire, c'est qu'elle n'est pas sérieuse. »

Anna et Jean-Baptiste eurent la surprise de voir les deux femmes pleurer de rire sur la table. Des larmes leur coulaient, elles hoquetaient, jamais les enfants ne les avaient vues ainsi.

– ... « Ce qui est grave, messieurs, dans cette affaire, c'est qu'elle n'est pas sérieuse », répétait Betty en s'acharnant sur la bouteille.

Le bouchon partit sans faire de bruit.

Elle remplit à ras bord sa coupe, celle de sa belle-sœur et celle de Mlle Barbara. Les deux enfants eurent droit à un « fond ».

La mère d'Anna et de Jean-Baptiste s'était redressée et portait un toast.

– Au général de Gaulle!

– Vive la France! Vive le Général! répondit Betty.

Les deux femmes vidèrent leurs coupes et se resservirent immédiatement. Anna les regardait, atterrée.

C'était bien sa mère, c'était bien sa tante, elles étaient vêtues comme à l'ordinaire, l'une d'un tailleur bleu marine, l'autre d'une robe en lainage beige, et pourtant Anna ne les reconnaissait pas.

Elles avaient l'air de deux collégiennes soûles.

Quelque chose lui tomba sur les pieds. Sa tante Betty venait de se débarrasser d'un de ses escarpins.

– Excuse-moi, fit-elle, ta mère et moi avons beaucoup marché.

Elle prit de nouveau la bouteille, servit sa belle-sœur et se servit à son tour.

– Je pense à Arnaud, dit-elle, son cœur a dû battre à l'heure d'Alger, aujourd'hui. Comme il doit être déçu...

– Ne sois pas méchante.

– J'ai envie d'être méchante parce que j'ai eu peur. Pas toi?

– Si.

– Peur de quoi? demanda Jean-Baptiste.

– Oui, peur de quoi? consentit à répéter Anna avec mauvaise humeur.

– De rien, il n'y a plus de raison d'avoir peur, répondit Betty en essayant de prendre un air sérieux.

Elle vit les deux visages attentifs de ses neveux et se renversa sur sa chaise pour mieux leur faire face.

D'une main, elle tenait sa coupe de champagne et de l'autre elle leur désignait la porte.

– Allez zou, allez vous coucher, votre mère et moi devons nous dire des choses qui ne sont pas pour vos jeunes oreilles...

– Et la fête? protesta Anna.

– La fête? Mais elle bat son plein!

Et Betty se remit à rire, aussitôt suivie par sa belle-sœur.

Anna vit leurs pommettes enflammées, leurs yeux brillants. Elle jugea leur conduite indigne. Sa mère et sa tante n'avaient pas le droit de se tenir aussi mal sur leurs chaises, de rire bêtement et de trinquer à la France alors qu'elle avait eu dix ans le matin même.

Un bref coup d'œil vers son frère acheva de la scandaliser. Vautré sur les genoux de Mlle Barbara, il suçait son pouce avec un air de bonheur insupportable.

Alors elle prit une longue respiration, s'empara de la bouteille de champagne presque vide et la jeta sur le carrelage de la cuisine. La bouteille éclata en plusieurs morceaux. Il y eut un silence plus effrayant encore que les hurlements qu'Anna avait imaginé provoquer.

D'une voix que la rage et la crainte rendaient méconnaissable, elle dit à l'intention de sa mère :

– C'est mon anniversaire, tout de même!

Couchée depuis un moment déjà, Anna n'arrivait pas à s'endormir. On ne l'avait pas punie, ni même grondée. Bien au contraire, sa mère et sa tante Betty lui avaient presque fait des excuses.

Jean-Baptiste, dans le lit jumeau, gémissait en rêvant. Lui s'était endormi comblé. Les hommes léopards existaient pour de vrai et faisaient des putschs.

Soudain, elle eut conscience que quelqu'un avait ouvert la porte et se déplaçait à tâtons dans la chambre. Une odeur de pipe qu'elle connaissait bien la rassura sur l'identité de son visiteur.

– Tu es finalement venu, dit-elle dans un souffle.

L'homme s'assit sur le lit, près de l'oreiller, et d'une main lui caressa le front.

Le tic-tac de sa grosse montre résonnait dans le silence de la pièce. Anna devina qu'il était débraillé et sans cravate. Elle s'empara de sa main et la couvrit de baisers. Il la laissa faire.

– Si tu savais, papa, quelle journée j'ai eue.

– Moi aussi, ma grande.

Mais Anna entendit à peine tant elle avait hâte de raconter.

– D'abord on a mis un plâtre à Bambi, et puis j'ai eu dix ans ce matin, et puis tu n'étais pas là, et puis...

Il l'interrompit.

– Je sais tout ça. Mais un jour tu comprendras mieux ce que je fais et pourquoi je le fais.

Il la prit dans ses bras et se mit à la bercer.

Anna avait enfoui son visage dans la chemise entrouverte et frottait sa joue contre la poitrine nue de son père. Elle avait fermé les yeux.

– Je vais encore être très occupé... Il ne faut pas m'en vouloir...

Elle se détacha de lui et se recula contre le mur.

– Ce qui se passe en Algérie est très grave... Je ne pense pas qu'à Paris tout soit rentré dans l'ordre...

– Papa ?

– Oui ?

– Je voudrais retourner chez Mamie avec Jean-Baptiste... Jules a promis... Le bois Saint-Laurent...

La porte s'ouvrit et la silhouette de sa mère se dessina à contre-jour.

– Serge, appela-t-elle, c'est l'heure des informations...

Il se releva d'un bond et rejoignit sa femme.

Anna les vit échanger quelques mots à voix basse.

– Sois raisonnable et dors, maintenant, dit sa mère.

– N'oublie pas que tu as dix ans et que tu es une grande fille, ajouta son père.

Ses parents eurent un dernier geste d'adieu et quittèrent la chambre.

Anna entendit la voix de sa tante Betty, dans la pièce voisine, puis celle d'un inconnu, sans aucun doute un speaker de la télévision, cette télévision qu'elle considérait en secret comme sienne.

– Aujourd'hui, samedi 22 avril 1961...

Dernière soirée
avant la rentrée des classes

Anna était juchée sur le rebord de la fenêtre. Elle avait fermé la porte de sa chambre et regardait la pluie tomber sur le parc.

C'était une pluie fine et tiède, une pluie de fin d'été, une pluie de fin de vacances.

– Ma petite-fille n'a-t-elle rien oublié en faisant sa valise ?

Mamie venait d'entrer. Anna jugea odieux d'être ainsi dérangée et espéra le lui faire comprendre.

Il suffisait pour cela de ne pas répondre, de ne pas bouger et de fermer les yeux.

« Elle me croira en prières ou endormie », pensa-t-elle. Mais une crampe la trahit et elle dut déplacer une de ses jambes vers la gouttière.

– Ne fais pas ça, garnement !

Anna ramena sa jambe à l'intérieur de la pièce. Mamie prit un ton sévère.

– Tu sais ce que je dis toujours...

– « Les jambes côté chambre, jamais côté vide », récita Anna d'une voix appliquée.

Sa grand-mère fit quelques pas à travers la pièce. Elle s'appuyait sur une canne dont le bout en caoutchouc heurtait, sans faire de bruit, le plancher. Chaussée de mocassins en peau, elle parcourait, silencieuse, les étages de sa maison, et surprenait ainsi qui bon lui semblait.

– Je devrais t'interdire la fenêtre, dit-elle.

– Vous m'interdisez déjà les toits de la maison et du poulailler!

– Anna!

Anna, furieuse, lui tourna le dos.

– Tu l'aimes donc tant que ça, ma vieille maison?

Mamie s'était rapprochée et, loin de paraître offusquée, lui souriait. Anna acquiesça du menton et dit à toute vitesse :

– Je veux pas partir...

– Tu reviendras à la Toussaint, à Noël...

Anna se sentit écrasée de chagrin. Sa grand-mère venait de lui rappeler ce qu'elle avait, un moment, réussi à oublier : elle passait à la campagne sa dernière soirée, dans deux jours ce serait la rentrée des classes et ses parents l'avaient inscrite dans une nouvelle école.

Devinant ses pensées, Mamie se voulut rassurante.

– Ma petite-fille sera très heureuse au Couvent.

Et comme Anna ne répondait pas.

– Juge un peu : ta mère y a fait ses études et avant elle, moi et ma sœur Marie-Raymonde... Tu auras un joli uniforme gris... De mon temps et de celui de ta maman, on nous habillait en violet... Et puis il y a ta cousine Jacqueline, elle a beau être dans une autre classe, elle...

Anna l'interrompit.

– Justement, c'est tout ça que je n'aime pas : le gris, le violet, Jacqueline!

– Et qu'est-ce que tu aimerais?

– J'aimerais que vous me gardiez ici avec Jean-Baptiste.

– Et tes parents?

– Mes parents voyagent!

– Non, tes parents vivent à Paris, ta place est auprès d'eux. Vous avez, ton frère et toi, passé six mois ici à cause des événements, maintenant...

Elle se signa.

– ... maintenant, si Dieu le veut...

Elle ne termina pas sa phrase et, le visage soudain anxieux, s'accouda à la fenêtre.

La pluie avait cessé de tomber sur le parc. De l'autre côté de la prairie, dans l'allée qui longeait la clôture, deux silhouettes d'hommes se déplaçaient.

– Mes yeux me trahissent, que vois-tu là-bas ?

Anna regarda dans la direction indiquée.

– Près du grand sapin ?

Mamie s'impatienta.

– Oui, près du grand sapin. Qui sont ces visiteurs ?

– Ce ne sont pas des visiteurs, ce sont Jules et oncle Henri qui rentrent de la chasse.

Elle se serra contre sa grand-mère.

– J'aimerais bien, Mamie, que vous leur interdisiez de tuer des animaux.

– La chasse n'est pas encore ouverte, ils ne peuvent pas tirer.

Anna posa sa tête sur l'épaule de sa grand-mère. Elle aimait son parfum qui lui évoquait à la fois l'iris et le savon de Marseille. Elle soupira de plaisir.

– Que j'aime voir ma petite-fille heureuse, dit Mamie doucement.

Anna espéra le moment bien choisi pour aborder à nouveau ce qui la préoccupait. Elle murmura :

– Je crois que je ne me plairai pas au Couvent...

Sa grand-mère n'objecta rien, elle continua.

– Tante Betty pense que je serais mieux à la communale, et quand je serai plus grande, au lycée. Qu'en pensez-vous ?

– Je pense qu'une école religieuse est nécessaire à une petite chrétienne élevée chrétiennement.

– Tante Betty...

– Ta tante Betty n'est pas chargée de ton éducation. Que tu le veuilles ou non, tu entreras lundi au Couvent.

Mamie s'était éloignée et accompagnait chaque mot d'un coup de canne sur le plancher.

– Je ne tolérerai plus la moindre remarque sur ce sujet. Compris ?

Anna, à nouveau, lui tourna le dos.

Devant la fenêtre, une merlette volait en rond. Elle traçait dans l'espace des cercles de plus en plus étroits, se rapprochait, s'éloignait, revenait.

Anna s'aperçut alors que la journée s'achevait et qu'elle n'avait pas encore fait – comme elle le faisait à chaque fin de vacances – ses adieux au parc.

– Je sors, annonça-t-elle en descendant de la fenêtre.

– Où vas-tu ?

– Dehors.

– Boutonne au moins ta chemise convenablement... Tu es fagotée comme l'as de pique.

Mamie la prit par les épaules et la conduisit jusqu'à l'armoire à glace. Anna se contempla, satisfaite, dans le miroir.

Elle apprécia son teint hâlé, ses cheveux bruns maintenant trop longs. Mais ce qui la ravit le plus, ce fut sa collection de cicatrices. Elle en avait peu sur les bras, beaucoup sur les jambes. L'une d'elles, au genou, était sa préférée, et pour la conserver, elle en grattait consciencieusement la croûte. Elle espérait que cette marque, comme le tatouage d'un marin, témoignerait de son passé d'exploratrice.

L'inventaire de Mamie était tout autre.

– Ma petite-fille a dix ans, et elle a l'air d'une sauvageonne...

Des cris l'empêchèrent de continuer. Au premier étage de la maison, un homme et une femme se disputaient. Une porte claqua, il y eut une cavalcade dans l'escalier. Une voix masculine se fit entendre :

– C'est intolérable !

– Oncle Arnaud, reconnut immédiatement Anna.

Une deuxième porte claqua, celle qui ouvrait au rez-de-chaussée sur le jardin. Anna courut à la fenêtre et vit une jeune femme vêtue d'une robe claire s'éloigner en direction de la Forêt.

– Tante Betty !

Mamie leva la main en signe d'impuissance et parut soudain

très lasse. Près d'elle, il y avait un fauteuil, elle s'y assit et ferma les yeux.

– Vous êtes malade ?

– Je voudrais que ma famille cesse de se disputer... Je n'aurais jamais dû réunir Arnaud et Betty sous mon toit...

Anna se composa une mine de circonstance.

– C'est la politique ?

– Oui.

– A cause de la guerre ?

– Oui.

Anna s'agenouilla par terre, contre le fauteuil, et prit dans ses mains les mains fines et pâles de sa grand-mère.

– Papa dit que la guerre est bientôt finie.

– Il s'y emploie corps et âme, ton papa. Mais va jouer dans le jardin, il te reste une heure avant le dîner...

Au premier étage, Anna ne put s'empêcher de ralentir en passant devant la chambre de son oncle Arnaud. La porte était à demi ouverte, et elle l'aperçut adossé contre la bibliothèque, raide, les bras croisés. Il s'adressait à quelqu'un qui, d'après les bruits d'eau, devait se trouver dans le cabinet de toilette contigu.

– C'est intolérable, disait-il, cette petite dinde de Betty qui ose me faire la leçon ! Qui ose me parler du Sahara !

– Elle se sera emportée, rien de plus.

Anna identifia aussitôt la voix calme, un peu enrouée, de Véronique, l'épouse d'oncle Arnaud. C'était une femme effacée et rêveuse qui brodait en permanence de beaux abécédaires et jouait parfois du piano. Anna la préférait de beaucoup à son mari et à ses filles dont la dernière, Jacqueline, avait à peu près son âge.

– Haut les mains !

Anna sursauta d'épouvante. Jean-Baptiste venait de surgir de derrière l'armoire à linge et brandissait sous son nez un pistolet à eau.

– Haut les mains, espionne, ceci est un putsch !

Elle le repoussa d'un coup d'épaule et s'engagea dans l'escalier.

Il la suivit, confus et empressé.

– Tu vas te promener ? Je peux venir avec toi ?

– Non, je veux être seule pour mes adieux.

Et comme il la talonnait toujours.

– Ce que tu peux être crampon, Jean-Baptiste !

Une fois dehors, elle prit l'allée sablonneuse qui faisait le tour du parc. Elle tournait le dos à la Forêt et se dirigeait vers le potager où, en cette fin d'après-midi pluvieux, elle ne risquait pas de rencontrer un membre de sa famille.

Des tas de feuilles mortes et de mauvaises herbes jalonnaient son chemin. Dans un feu à demi éteint, les branches d'un tulipier frappé par la foudre achevaient de se consumer. Du bout de son espadrille, Anna remua les cendres encore chaudes. Jules avait coutume d'y enfouir des pommes de terre et faisait semblant d'ignorer qu'on lui en dérobait souvent quelques-unes. Mais elle n'en trouva pas. Un peu déçue, elle abandonna le feu et secoua les branches de la symphorine. Des boules blanches gorgées d'eau roulèrent dans le sable de l'allée. Elle les foula du pied pour entendre encore une fois l'étrange bruit que faisaient ces petits fruits lorsqu'on les écrasait. Un écureuil traversa le bosquet de magnolias en direction de la prairie. Anna lui adressa un adieu muet, le même qu'elle adressait aux arbres et aux buissons.

Les massifs d'hortensias eurent droit à une visite prolongée ainsi que le parterre de dahlias qui séparait le potager de l'allée principale. Anna aimait ces fleurs, mais leur en voulait de venir si tard dans la saison.

– C'est un vilain métier, mesdemoiselles, d'annoncer la fin de l'été !

Elle menaça du doigt un gros dahlia rouge déjà à moitié fané.

– Je vois bien que vous avez honte, vous ! D'ailleurs vous allez mourir !

Un rire retentit. Elle se retourna et aperçut sa cousine Jacqueline qui l'observait, dissimulée par une haie de framboisiers.

Jacqueline était blonde et rose, vêtue d'une robe à larges plis resserrée à la taille. Elle avait du vernis sur les ongles et un collier de perles en plastique autour du cou. Sa coquetterie choquait Anna. Sa cousine, depuis six mois, était uniquement préoccupée de ses tenues et cherchait à se faire passer pour plus âgée qu'elle n'était.

Anna vit qu'elle dissimulait quelque chose sous son cardigan.

– C'est quoi, ce que tu caches ?

Jacqueline bâilla de façon étudiée. On lui avait dit, un jour, qu'elle avait de jolies dents, et elle s'appliquait depuis à les montrer. Anna et Jean-Baptiste l'avaient surprise un soir devant le grand miroir du vestibule. Revêtue du peignoir en soie de sa mère, elle essayait différents sourires et même une certaine façon de se passer la main dans les cheveux. Puis elle avait dénudé ses épaules et leur avait montré ses seins naissants. Ce souvenir acheva d'exaspérer Anna.

– Tu me montres ce que tu caches, oui ou non ?

Jacqueline hésitait.

– Tu jures de ne pas en parler aux parents ?

– Je jure.

– Sur la tête de ton frère, de ton père et de Mamie ?

– Sur la tête de Jean-Baptiste, de papa, de maman et de Mamie, je jure. Maintenant, montre-moi.

Le visage de Jacqueline s'empourpra. Elle expliqua en baissant la voix.

– C'est la femme de chambre qui me le prête chaque semaine...

Elle tendit un journal qu'Anna s'empressa de prendre.

– *Intimité du foyer*, lut-elle.

– C'est plein d'histoires passionnantes... avec des photos...

– Des photos de quoi ?

– Des photos de baisers...

Jacqueline semblait très excitée. Les yeux brillants de gourmandise, elle encourageait sa cousine à feuilleter au plus vite le journal. Anna ouvrit au hasard. Une série de photos en noir et blanc montrait un homme en habit de soirée tenant dans ses bras une jeune fille un peu replète. La scène se déroulait de nuit, dans les ruines d'un château.

– Tu crois qu'ils s'embrassent pour de bon ?

– Bien sûr. Dans une autre histoire, on voit un couple couché sur le sable... Les corps sont mouillés... On devine bien ce qu'ils vont faire...

Anna se sentit rougir.

– Et... on voit ?

– Non, hélas...

– Tant mieux !

Jacqueline la dévisagea avec un sourire condescendant.

– Que tu es niaise, ma pauvre fille !

– Niaise ?

– Tout ce qu'il y a de plus niaise !

Anna serra les poings. Elle avait envie de les écraser sur le joli nez de sa cousine. Elle savait que celle-ci, qui était pourtant son aînée de deux ans, était incapable de se défendre. Elle se contenta de jeter en l'air le journal. *Intimité du foyer* plana au-dessus des framboisiers et alla se planter entre deux rangées de laitues. A cet instant une cloche se fit entendre. Elle rappelait aux uns et aux autres qu'il ne restait plus qu'un quart d'heure avant le dîner.

– Mon journal ! pleurnichait Jacqueline.

Elle désignait à Anna la terre boueuse du potager et ses ballerines blanches qu'elle craignait de salir. Mais Anna avait perdu assez de temps. Elle abandonna sa cousine et courut vers la prairie. Elle s'y laissa tomber. Couchée dans l'herbe mouillée, elle respirait les odeurs de menthe et de foin et regardait dans le ciel filer les nuages. Du village voisin montaient des appels. Aux voix perçantes des femmes répondaient des voix d'enfants récalcitrants. Partout on se préparait à la nuit... Bientôt le clocher de l'église égrènerait les huit coups.

– Adieu, chère prairie, murmura Anna.

Un scarabée se faufila entre ses chevilles. Elle voulut l'attraper, roula sur elle-même et aperçut alors son oncle Henri et Jules le jardinier. Les deux hommes avançaient dans l'allée et portaient chacun un fusil. Le chien Bambi les précédait.

– Ces rondes deviennent monotones, disait oncle Henri.

– Oui, mais rappelez-vous le colis piégé dissimulé dans un ballon d'enfant qu'on a retrouvé contre la clôture, répondit Jules.

– C'était il y a plus d'un mois... Du mauvais travail d'amateur.

Anna tourna la tête et vit sa tante Betty surgir d'entre les branches basses d'un sapin. Elle agitait son mouchoir et suppliait les deux hommes de l'attendre.

– Vous en avez une touche, ma chère! Peut-on vous demander ce que vous faisiez là ? dit oncle Henri, en allant à sa rencontre.

Betty secoua sa robe parsemée d'aiguilles de pin et se composa une mine affligée.

– J'enrageais.

– Vous enragiez ?

– Oui.

– Et qui ose faire enrager ma ravissante petite belle-sœur ?

– Votre frère.

– Arnaud ?

– Hélas...

Il la prit par la taille et ils firent quelques pas enlacés.

Anna attendit qu'ils disparaissent derrière le bosquet de magnolias et s'engagea à son tour dans l'allée. Il lui fallait encore saluer la porte Normande, au bout du parc, et la Forêt à l'autre extrémité de la propriété. Mais la cloche du dîner mit fin à ses projets.

Autour du lavabo, dans le couloir du rez-de-chaussée, avait lieu l'habituelle bousculade.

Oncle Henri avait suspendu son fusil au râtelier et refusait de donner ses cartouches à Jean-Baptiste. Betty ébouriffait ses cheveux devant le miroir et constatait, désolée, que la pluie les avait fait friser. Jacqueline et sa mère Véronique se lavaient plus simplement les mains.

Anna se glissa parmi eux et essuya le mieux qu'elle put les taches d'herbe et de boue. Elle était sale et mouillée, les commentaires ne se firent pas attendre. Elle les subit avec dignité, sans sourire. Pourtant ceux de son oncle Henri l'amusaient beaucoup. Tandis qu'il la comparait à une affreuse grenouille des champs, Mamie apparut, gracieuse, au bras de son fils aîné. Derrière, grande, maigre et maussade, suivait sa sœur Marie-Raymonde.

– Serge a téléphoné. Il est de retour à Paris, annonça Mamie.

– Papa ? hurla Anna.

Oncle Arnaud porta ses mains à ses oreilles.

– Cette enfant ne pourrait-elle pas parler normalement, au lieu de glapir ?

Betty le bouscula, agacée et impatiente :

– Quelles sont les nouvelles ?

– Bonnes. Serge est très optimiste : les négociations reprennent.

Mamie se tourna vers Anna et Jean-Baptiste.

– Vos parents vous attendent demain en fin d'après-midi, avenue Mozart. Allons dîner maintenant.

Tous prirent place autour de la grande table ronde. Anna se trouva assise entre Jean-Baptiste et son oncle Henri. Elle s'en réjouit. Elle aurait jugé très déplaisant d'être, comme l'était Betty, la voisine d'oncle Arnaud. La jeune femme, d'ailleurs, donnait quelques signes de nervosité : elle s'était versé d'emblée un verre de vin et jouait avec son rond de serviette. Mamie appuya sur une sonnette. Arlette, une jeune fille du village qui aidait parfois au service, apporta la soupière. Des exclamations joyeuses saluèrent son entrée.

Oncle Henri lui fit quelques compliments galants sur la

fraîcheur de son teint et l'éclat de ses yeux. Elle rougit. Il se pencha vers Anna et lui chuchota à l'oreille.

– Et encore, je ne lui parle pas de ses jambes et de son joli cul !

Ce fut au tour d'Anna de devenir écarlate. Mamie s'en aperçut.

– Que viens-tu de dire à cette enfant ? Quelque chose qui n'est pas de son âge ?

– Mais pas du tout...

Oncle Henri prit son air le plus innocent et encouragea sa nièce à répéter mot pour mot ce qu'il lui avait dit. Anna, de plus en plus rouge, sentit une détresse qu'elle connaissait bien l'envahir. Son oncle préféré avait la spécialité de la mêler à des blagues qu'elle ne comprenait pas toujours et qui l'embarrassaient.

– Vas-y, ma chérie, de quoi as-tu peur ? insistait-il.

– Il me parlait de l'automne, dit-elle à tout hasard.

Oncle Henri approuva d'une voix claire.

– Parfaitement, je lui citais ces vers d'Apollinaire :

« Oh l'automne ! L'automne a fait mourir l'été
Dans le brouillard s'en vont deux silhouettes grises. »

Et, tandis qu'un brouhaha surpris accueillait sa citation, il se pencha vers sa nièce.

– Bravo pour ce mensonge, tu as gagné une place de cinéma sur les Champs-Élysées.

De l'autre côté de la table, tante Véronique, d'ordinaire si réservée, manifestait son enchantement.

– C'est merveilleux, Henri, connaissez-vous par cœur d'autres poèmes ?

Le jeune homme, déconcerté par cette question, eut un moment d'hésitation. Anna en profita.

– Oncle Henri en connaît plein. Pas vrai, oncle Henri ?

– Mais non... mais non...

– Je suis sûre que vous êtes trop modeste, poursuivait tante Véronique.

– Voyez-vous... commença oncle Henri.

Il s'interrompit, penaud. Anna, maintenant très sûre d'elle, répondit à sa place.

– Il en connaît plein.

– Plein, je témoigne, cria à son tour Jean-Baptiste.

– Ainsi, tu aimes la poésie, s'étonnait Mamie.

– Je n'aurais pas cru ça de la part de quelqu'un qui fréquente aussi assidûment les bars de Saint-Germain-des-Prés, remarqua oncle Arnaud.

Oncle Henri s'empressa de profiter de cette diversion.

– Tu as tort, mon cher frère, de mépriser les bars. Les Nuages et Le Petit Pavé sont des endroits divins. Pas vrai, Betty ?

Arlette avait changé les assiettes et présentait un rôti de veau accompagné de légumes du jardin. On fit des compliments sur le croquant des haricots verts, et Mamie évoqua les meilleures recettes de sa cuisinière. Tante Véronique écoutait avec attention.

– Et pour la tarte à la tomate, on ajoute une cuillerée d'huile d'olive ?

Mamie en convint.

– Et la bûche de Noël ? Je rêve de connaître le secret de votre bûche de Noël...

Elle sourit à son mari, désireuse d'avoir son approbation. Mais ce dernier, à la stupéfaction générale, jeta sa serviette par terre.

– Noël ! Noël ! mais nous n'y sommes pas encore, ma chère !

Il ramassa sa serviette.

– La guerre civile menace, et vous parlez tous de poésie, de haricots verts et de bûche de Noël !

Betty bondit sur sa chaise.

– Il n'y aura pas de guerre civile. Les négociations vont reprendre, Serge est formel.

Oncle Arnaud eut un sourire empreint d'ironie.

– Évidemment, si Serge le dit...

Betty vida son verre d'un trait et tenta de retrouver un ton plus léger.

– Si vous aviez écouté la conférence de presse du Général, le 5 septembre, vous seriez plus confiant, dit-elle. Le Général souhaite, de toute évidence, reprendre le dialogue...

– Mais à quel prix!

Ces paroles avaient été dites avec un tel mélange de haine et de désespoir, que tous en furent impressionnés : la grand-tante Marie-Raymonde, plus droite que jamais, dans une attitude proche du défi, rappela, d'une voix tremblante, le drame que vivaient sa fille aînée et son mari, un Français d'Algérie. Le couple avait quatre fils et cultivait la vigne dans les environs d'Oran.

Anna écoutait, fascinée. Elle n'avait jamais rencontré ceux qu'on surnommait « les cousins de l'étranger » et les imaginait dans un paradis de fleurs et de palmiers. Qu'une guerre les menace, ajoutait encore à leur prestige. Elle aurait voulu les sauver, les arracher à une mort atroce. Car ils étaient en danger de mort, d'après la grand-tante Marie-Raymonde.

– Nous connaissons les chiffres, disait-elle, rien qu'entre le 21 mai et le 8 juin, le FLN est responsable de cent trois morts parmi lesquels dix-sept Européens...

Arlette était revenue et passait, pour la deuxième fois, le rôti et les légumes. Seul, oncle Henri se resservit.

– Quel appétit d'ogre! commenta la grand-tante Marie-Raymonde, un instant distraite de sa dramatique énumération.

– Ma chère tante, à trente ans, il faut bien que je me nourrisse!

Il se tourna vers Anna, qui pouffait derrière sa serviette, et lui confia à voix basse :

– Quel grippe-sou! Elle ferait des économies sur mon dîner...

– Hier, au petit déjeuner, elle a dit à Jean-Baptiste qui en était à sa cinquième tartine : « Tu coûtes cher à ta grand-mère », lui confia à son tour Anna.

– « Tu coûtes cher à ta grand-mère! » répéta oncle Henri. Fameux!

Ils éclatèrent de rire. Le tintement d'un couteau sur une carafe les rappela à l'ordre.

– Assez de chuchotis, gronda Mamie.

Elle sourit à sa sœur, espérant que celle-ci allait s'apaiser.

Mais la grand-tante Marie-Raymonde était lancée et s'en prenait maintenant directement à Betty.

– Je ne pardonnerai jamais à de Gaulle de renoncer, de brader l'Algérie... C'est un bradeur... Un bradeur!

Anna vit que sa tante Betty paraissait de plus en plus mal à l'aise. Elle le signala à son oncle Henri.

– Tu as raison, dit-il, volons à son secours!

Il prit son air le plus joyeux.

– Les Français approuvent le Général, dit-il.

– En métropole, peut-être, mais en Algérie, ils crient à l'abandon, répliqua oncle Arnaud d'une voix coupante.

Le visage de Betty s'empourpra.

– « En Algérie, ils crient à l'abandon », quel euphémisme! dit-elle avec rage.

Elle pivota brutalement vers la grand-tante Marie-Raymonde.

– Vous parliez des affrontements entre Européens et musulmans qui ont ensanglanté Oran... Vous savez bien que l'OAS et ses chefs sont très responsables, qu'ils essaient d'entraîner la population dans une nouvelle action insurrectionnelle, qu'ils veulent contraindre l'armée à basculer de leur côté, qu'ils...

Oncle Arnaud donna un coup de poing sur la table.

– Taisez-vous, petite sotte, je vous trouve bien indulgente pour les tueurs du FLN!

– Et vous pour ceux de l'OAS. Qui a assassiné le commissaire Gavoury?

– C'est intolérable!

Il prit Mamie à témoin.

– Mère, sommes-nous obligés de subir les propos infâmes de cette fille qui...

Betty, très pâle, s'était levée. Elle acheva la phrase commencée.

– ... qui ne fait pas partie de la famille, qui n'est que la sœur d'un beau-frère...

Elle fit un pas en direction de Mamie.

– Je peux rentrer tout de suite à Paris, si vous le jugez souhaitable.

Jean-Baptiste s'était rapproché d'Anna. Tous deux suivaient l'affrontement avec passion.

– Qu'est-ce qu'elle raconte ? chuchota Jean-Baptiste.

– Elle dit qu'elle est la sœur de papa, c'est pour ça qu'elle fait pas partie de la famille.

– Et qui c'est qui a assassiné un commissaire ?

– Je ne sais pas, écoutons la suite.

Mais le silence, maintenant, régnait autour de la table. Betty, toujours debout, se passait lentement une main dans les cheveux. Elle semblait calmée, presque lointaine. Oncle Arnaud pliait et dépliait sa serviette, insensible aux signes que lui faisait son épouse.

– Qui c'est qui a assassiné un commissaire ? demanda alors Jean-Baptiste, d'une voix stridente.

Jacqueline émergea de la rêverie dans laquelle elle s'était réfugiée depuis le début du repas.

– On a assassiné un commissaire ?

Son cousin en sautait de joie sur sa chaise.

– Oui, un commissaire ! C'est terribe ! Terribe ! Terribe !

Il apostropha sa tante Betty.

– L'assassin, c'est l'OAS ?

– C'était un FLN, le commissaire ? demanda Jacqueline, en se tournant vers son père.

Celui-ci, pour la deuxième fois, donna un coup de poing sur la table.

– Tais-toi, ou tu montes sur-le-champ te coucher !

– Taisez-vous tous !

Mamie, qui jusque-là s'était tenue, accablée, à l'écart de cette dispute, venait de se ressaisir. Elle rappela aux uns et aux autres le mal qu'elle s'était donné pour les réunir sous son toit, et le soin apporté à chaque plat. Elle ordonna à Betty de se rasseoir.

– J'exige que certains sujets ne soient plus jamais évoqués devant les enfants, dit-elle encore.

Elle appuya sur la sonnette et Arlette revint avec le dessert.

Dehors, la pluie tombait. On ne parla plus que de champignons, de châtaignes et de gelée de coings.

– Et pourquoi je ne peux pas avoir un chocolat et aussi un bonbon Boisier, et aussi une pâte de fruits ? s'indignait Jean-Baptiste.

– Parce que ce serait trop.

Jean-Baptiste refusa cette explication et tenta d'attendrir son oncle Henri qui traversait la pièce, les bras chargés de bûches.

– Mais, c'est terribe tout de même...

– Ble, répondit, fermement, oncle Henri.

– Ble ?

– Oui, petit âne. Ble : terrible et pas terribe.

A demi convaincu, Jean-Baptiste répéta plusieurs fois, et sur différents tons, le mot. Mamie lui fit signe d'aller s'exercer un peu à l'écart et sourit à sa famille réunie autour d'elle dans le salon.

– Merci pour toutes ces douceurs. Vous m'avez gâtée plus qu'il n'est permis...

Une gourmandise enfantine éclaira son visage.

– Par quoi vais-je commencer ? Une pâte de fruits peut-être ?

Anna était accroupie devant la cheminée, contre son oncle Henri. Tous deux essayaient de faire partir le feu. Mais le bois était humide, et le feu ne prenait pas. Une première flamme apparut, fragile, puis une seconde qui ne dura guère.

– Pommes de pin, exigea oncle Henri.

Anna les lui tendait une à une. L'assister dans cette tâche

était un rite auquel elle était très attachée, et qui allait beaucoup lui manquer quand elle serait à Paris.

– Nous sommes des as, triompha son oncle.

Le feu était parti. Betty vint les rejoindre et tendit vers la cheminée deux mains frileuses.

– Déjà l'automne, murmura-t-elle. Quelle horreur...

Oncle Henri lui offrit un chocolat qu'elle refusa.

– Consolez-vous, je vous emmènerai avec moi à la chasse.

Elle fit la moue, il prit un air offusqué.

– Si c'est tout l'effet que vous fait ma proposition, je la retire, dit-il en se levant.

Betty ne réagit pas. Elle fixait les flammes sans les voir. Une expression chagrine envahissait progressivement son visage. Anna lui effleura l'épaule. Sa tante sursauta, comme quelqu'un qui se serait cru seul dans le salon. Elle ouvrit ses bras, Anna s'y blottit.

– Quelle chatonne, commenta la jeune femme.

Anna approuva en esquissant une sorte de ronronnement.

Elle avait fermé les yeux et écoutait ce qui se disait autour d'elle. C'était sa dernière soirée, tout devenait important. N'importe quelle parole était à retenir, n'importe quel petit incident aurait, quand elle s'en souviendrait, le poids d'un grand événement. Pourtant, tout était bien comme d'habitude. Rassemblés sous la lampe, Mamie et ses deux fils discutaient de la nécessité de réparer, avant l'hiver, la toiture du poulailler. La grand-tante Marie-Raymonde lisait un numéro de la revue *Historia* et faisait à voix haute des commentaires que tante Véronique, absorbée par sa tapisserie, approuvait.

Seul Jean-Baptiste était silencieux. Anna ouvrit les yeux et le vit, un peu à l'écart, qui s'entraînait tout seul au mikado. Il surprit son regard.

– Tu fais une partie avec moi ?

– Non.

Il n'insista pas et fit la même proposition à sa cousine Jacqueline. Celle-ci avait achevé de tresser un scoubidou et s'ennuyait. Elle accepta.

– Cette petite fille est bien jolie, remarqua Betty. Un vrai petit saxe.

Anna se redressa, méfiante.

– C'est comment, un saxe ?

Mais déjà Betty se désintéressait de Jacqueline. Elle contemplait le téléphone, la pendulette sur la cheminée et soupirait.

– Tu attends un coup de fil ? demanda Anna, intriguée.

Betty haussa les épaules et grimaça un sourire.

– De ton mari ?

La jeune femme baissa la voix.

– Tu sais bien que Jo et moi sommes séparés.

Anna savait sans savoir. Il n'était pas dans les habitudes des grandes personnes de lui confier ce genre de secret.

Elle regarda sa tante droit dans les yeux et mentit.

– Je sais. Tu es triste ?

– Bah...

Une bûche s'affaissa dans la cheminée. Oncle Henri la redressa et s'installa à nouveau entre sa nièce et sa belle-sœur.

Il tendit à Betty une cigarette déjà allumée.

– De quoi parliez-vous ? demanda-t-il.

– D'amour, répondit Betty.

Elle fit un clin d'œil à Anna.

– Nous étions en train de nous étonner qu'un jeune homme beau, intelligent, et de bonne famille comme vous, soyez encore, à presque trente ans, célibataire...

Oncle Henri parut scandalisé.

– Que ma mère se pose ce genre de question, soit, mais vous, Betty...

Anna intervint.

– Tu ne peux pas te marier parce que tu as trop de fiancées.

Betty applaudit la nouvelle et réclama des détails. Anna se concentra quelques secondes puis commença en comptant sur ses doigts.

– Il y a Francine, la monitrice de Courchevel, l'hôtesse de l'air, Marie-Laure, les deux jumelles de Cap-Ferret, la...

Oncle Henri l'attrapa par un pan de sa chemise et l'attira à lui.

– Veux-tu bien te taire, petit monstre.

Il lui tira les oreilles, la chatouilla et la repoussa en avant. Anna tomba par terre, sa tête heurta le coffre de pommes de pin. Oncle Henri la releva précipitamment et la prit dans ses bras.

– Je t'ai fait mal ? dit-il, inquiet.

– Non.

– Dommage !

Elle voulut lui échapper, il l'en empêcha et ils roulèrent sur le sol. Un guéridon fut bousculé et un vase en opaline aurait été brisé sans la présence d'esprit de Betty.

Oncle Arnaud qui avait suivi la scène fit claquer sa langue en signe d'agacement.

– Il n'y a rien de cassé, dit Betty froidement en remettant le vase à sa place.

– Mais ça ne saurait tarder si on les laisse faire, répliqua-t-il, tout aussi froidement.

Il désigna du doigt son frère Henri et Anna qui alternaient, maintenant, caresses et coups de poing.

Un hurlement parvint du fond de la pièce.

– Tricheuse !

Tous se retournèrent vers la partie du salon un peu sombre où Jean-Baptiste et Jacqueline disputaient une partie de mikado. Le cri avait été poussé par Jean-Baptiste qui, campé sur ses jambes tel un coq en colère, accusait.

– Tricheuse, sale tricheuse ! Tu as bougé !

– Enfants ! appela Mamie.

Jean-Baptiste courut se jeter à ses pieds et raconta, en bafouillant d'indignation, comment sa cousine s'était approprié, de façon malhonnête, le précieux mikado.

Jacqueline lui coupa la parole.

– Il est mauvais joueur, et comme tous les mauvais joueurs, il refuse de perdre, dit-elle.

– Menteuse!

– La ferme!

Oncle Arnaud s'excusa pour ce qui venait de lui échapper. Il enleva ses mains qu'il avait, dans un geste mécanique et mille fois répété, portées à ses oreilles.

– Ces enfants ne pourront-ils jamais s'exprimer normalement ? Et pourquoi ne sont-ils pas encore couchés ? demanda-t-il.

Anna, qui avait suivi l'affaire, calée entre les jambes de son oncle préféré, se redressa, soudain inquiète.

– C'est notre dernière soirée, dit-elle.

– Si c'est leur dernière soirée, on pourrait peut-être les laisser veiller, proposa oncle Henri.

Les deux frères eurent un long échange de regards.

– Je voudrais qu'Henri, qui n'a pas d'enfants, ne se mêle pas de ce problème, dit enfin oncle Arnaud.

Il se retourna vers Betty, toujours assise devant la cheminée.

– C'est aussi valable pour vous, chère amie. J'estime qu'il est l'heure pour eux d'aller se coucher, et je leur demande de le faire sans criailleries.

Betty ouvrit la bouche pour répondre. Il la devança.

– Je vous suggère, Betty, de ne pas vous servir des enfants pour me contredire une fois de plus.

La jeune femme rougit. Oncle Henri s'approcha d'elle et glissa son bras sous le sien.

– Tss, tss, lui dit-il à voix basse.

Debout au centre de la pièce, oncle Arnaud avait allumé une cigarette et attendait. Autour de lui, personne ne protestait. Anna vit son petit frère ramasser les bâtonnets du mikado et comprit que sa soirée était compromise.

– Tu ne me défends pas ? dit-elle à Betty.

La jeune femme se détourna en direction du feu.

– Va te coucher, chérie, ou tu vas être la goutte d'eau...

– La quoi ?

– La goutte d'eau. Il y a de l'orage dans l'air. File t'abriter dans ta chambre.

Oncle Henri intervint pour traduire.

– Betty veut dire, à coups de métaphores météorologiques, qu'il vaudrait mieux, une fois n'est pas coutume, obéir.

Anna les dévisagea l'un après l'autre, incrédule.

– Vous voulez dire qu'il faut que j'aille, pour de bon, me coucher ?

– Pour de bon, oui.

Tante Véronique avait rangé son ouvrage de tapisserie et affichait une gaieté feinte. Elle rappela que l'heure était venue de se reposer et pria sa fille de donner le bon exemple. Puis, elle installa le pare-feu devant la cheminée et, la première, quitta la pièce.

– Et ne rallumez pas derrière moi !

Mamie se tenait dans l'embrasure de la porte, une main posée sur la poignée. Elle était montée jusqu'à la chambre du deuxième étage, vérifier si ses petits-enfants étaient bien couchés, chacun dans son lit. Ils y étaient mais refusaient l'un comme l'autre de répondre. Un courant d'air la fit frissonner. Elle traversa la pièce et voulut tirer les rideaux restés ouverts.

– Non ! cria Anna.

Mamie rectifia l'écharpe en mousseline rose qu'elle portait toujours autour du cou, et, à dessein, toussa.

– Ridicule... Il fait froid et vous allez prendre mal.

Anna ne se laissa pas impressionner.

– Ne touchez ni aux rideaux ni aux volets. J'aime m'endormir en écoutant la pluie et me réveiller avec les oiseaux.

Son explication parut troubler la vieille dame. Anna la vit à court d'arguments et s'empressa de plaider à nouveau sa cause.

– Jean-Baptiste pense comme moi !

– C'est vrai, Jean-Baptiste ?

– Je m'en fiche !

Mamie vint s'asseoir sur le bord de son lit.

– Toi aussi tu es fâché ?

– Oui.

– Mais pourquoi ?

– Vous savez très bien pourquoi ! Si Jacqueline n'avait pas triché, c'est moi qui aurai gagné au mikado !

Jean-Baptiste raconta en bafouillant comment la partie s'était engagée, et à la suite de quoi elle avait tourné court.

Des voix montaient du premier étage. Anna reconnut son oncle Henri et son oncle Arnaud. Les deux frères continuaient dans l'escalier la dispute commencée dans le salon.

Elle tendit l'oreille. Imaginer ses oncles en train de se quereller à voix basse la fit rire.

Mamie, elle, ne semblait pas trouver cela très drôle.

– Ça suffit, dit-elle sèchement, il faut dormir.

Elle embrassa Jean-Baptiste et Anna et quitta la chambre.

Les enfants l'entendirent descendre les marches de l'escalier et répéter à ses fils qu'il était temps de se coucher. Il y eut encore des bruits de porte et de robinet, puis plus rien : la maison tout entière s'apprêtait à la nuit.

Minuit venait de sonner au clocher de l'église, et Anna ne dormait toujours pas. Couchée sur le côté, elle observait les arbres du parc qui se reflétaient dans la glace de l'armoire. Leur masse compacte, aux contours imprécis aurait pu l'effrayer si elle ne les connaissait pas par cœur. La pluie avait cessé et l'eau s'écoulait dans les gouttières. Des chiens errants couraient la campagne et à leurs aboiements répondaient les aboiements des chiens de ferme. La chouette, par deux fois, avait poussé son cri. Elle logeait dans le grand sapin. Anna et Jean-Baptiste l'y avaient surprise un soir, éblouie par la torche électrique que Jules avait braquée sur elle. Jamais depuis, ils ne l'avaient dérangée. Savoir où elle se trouvait suffisait à leur bonheur. Anna était tout aussi attentive à la vieille maison riche en bruits mystérieux. Des craquements de parquet lui donnaient à croire que quelqu'un, qu'elle ne parvenait jamais à identifier, rôdait d'un étage à l'autre. Ce pouvait être une personne, un fantôme, une souris. Anna ne savait pas, et n'avait pas envie de savoir. Cela n'avait rien d'inquiétant, au contraire.

En dessous de sa chambre, il y avait la chambre de sa tante Betty. Il lui avait semblé l'entendre marcher et ouvrir une porte, mais elle avait tout aussi bien pu l'imaginer, comme elle imaginait le grattement qui lui parvenait, pourtant distinctement, de l'autre côté de sa propre porte. Elle sourit en pensant à la tête que ferait Mamie si elle apprenait que sa petite-fille veillait aussi tard. Mamie avait encore la naïveté de croire que les enfants dormaient dès qu'elle l'exigeait...

Anna se redressa dans son lit. Sans qu'elle s'en rendît compte, quelqu'un avait ouvert la porte de sa chambre et l'avait refermée. Une silhouette blanche avançait vers elle, les bras tendus en avant comme une somnambule.

– Quelle chance que tu ne dormes pas, murmura Jacqueline.

Et comme Anna stupéfaite ne répondait rien.

– Je peux venir près de toi?

Anna se poussa contre le mur et fit une place à sa cousine. Celle-ci s'allongea sous les draps sans rien ajouter.

– Qu'est-ce qui t'arrive? Tu es malade?

Jacqueline avait enfoui sa tête dans l'oreiller. Son corps s'agitait doucement.

– Tu pleures? demanda encore Anna.

Elle chercha sous la couverture un mouchoir qu'elle ne trouva pas et, ne sachant comment se comporter, attendit.

Jacqueline renifla, frotta son visage contre la manche de sa chemise de nuit et sourit à sa cousine.

– Merci, dit-elle.

Sa gentillesse acheva de désorienter Anna. Elle aurait aimé poser des questions, savoir le pourquoi de cette visite.

Comme si elle devinait ses pensées, Jacqueline, dans un souffle, avoua :

– J'ai peur.

Anna crut avoir mal entendu.

– J'ai peur... j'ai peur...

– Peur de quoi ?

Un souffle de vent soudain fit claquer un volet, un air humide pénétra dans la chambre.

– Ferme la fenêtre, implora Jacqueline.

– Pourquoi ?

– Parce que c'est dangereux.

– Dangereux pourquoi ?

L'église du village sonna un coup. Le corps de Jacqueline se contracta.

– Ce n'est pas une heure pour penser à ce que je pense, dit-elle, toujours plaintive.

A ce moment-là, des bruits de pas, au premier étage, firent sursauter, en même temps, les deux cousines. Jacqueline, frémissante, se colla contre Anna. Il y eut un grincement de porte et le bruit d'une chasse d'eau à demi tirée, puis de nouveau des pas.

– C'est rien, c'est oncle Arnaud qui est allé aux toilettes.

– Papa ?

– Oui, ton père. Il est malade des intestins, non ?

Jacqueline fut obligée de l'admettre. Anna avait croisé ses bras sous sa nuque et regardait le plafond.

– On a pas idée d'être aussi poltronne, dit-elle.

– Poltronne ?

Jacqueline, d'indignation, venait de parler à voix haute. Anna lui désigna l'autre lit où Jean-Baptiste dormait, entouré de ses animaux en peluche.

– Il a un sommeil de plomb, mais fais attention tout de même... Et puis, qui veux-tu qui marche, à cette heure-ci, si ce n'est quelqu'un de la famille ?

– L'un des leurs, justement.

Jacqueline avait parlé si bas qu'Anna n'était pas certaine d'avoir compris le sens de sa phrase. Pourtant, elle ne la lui fit pas répéter. Plusieurs minutes s'écoulèrent dans un silence que seul troublait le bruissement des grands arbres.

– La traite des Blanches, tu sais ce que c'est ? demanda soudain Jacqueline.

– Non.

– Tu veux savoir ?

Ces questions, brusquement, concrétisaient les craintes confuses d'Anna. Jacqueline avait un secret à lui confier, secret qui devait être bien effrayant pour la faire se lever en pleine nuit. Anna hésita. Une voix, en elle – était-ce celle de son ange gardien ? –, lui soufflait qu'il était encore temps de chasser sa cousine, de refuser ses confidences. Mais elle était brave.

– Vas-y, j'écoute, dit-elle.

Jacqueline s'était reculée de quelques centimètres et examinait ses ongles soigneusement vernis.

– Il faut que tu jures de ne jamais révéler ce que je vais te dire.

– Oui, oui.

– Ni à tes parents, ni à Betty, ni à personne...

Anna se plia à ces exigences. Jacqueline, alors, commença à parler, d'une voix rauque, impressionnante.

– La traite des Blanches, c'est quelque chose d'horrible, pire que tout ce qu'il y a de pire... Ils s'attaquent aux femmes et aux petites filles. Ils kidnappent n'importe où, dans le métro, dans l'autobus, dans les cinémas et à la patinoire... On ne peut pas leur échapper. Par exemple tu vas au Couvent, tu es sur la ligne Mairie de Montreuil-Pont de Sèvres. Tout paraît normal. Mais quelqu'un que tu n'as pas vu te fait, à travers ton manteau, une piqûre. Alors tu te sens mal, sur le point de t'évanouir. Un couple très comme il faut, genre nos parents, se porte à ton secours. Ce sont les complices des kidnappeurs. Ils t'enlèvent au nez et à la barbe des autres voyageurs.

Anna avait l'impression que son sang se retirait de ses veines.

Jacqueline fit une pause, puis reprit :

– Le sort des victimes de la traite des Blanches ne varie guère. On les expédie, droguées, avec de faux passeports, en Amérique du Sud, en Russie, en Afrique du Nord. Là-bas, on les bat, on les affame, et toutes, elles finissent par obéir... Et personne ne les retrouve jamais. Et quand elles ne servent plus, on les tue. Et si elles résistent, si elles essaient de se sauver, on les tue aussi. Tu te souviens de Joséphine ?

– Joséphine ?

– La filleule du boucher. Elle a quitté le village pour aller travailler à Paris. On l'a vue prendre le car, on l'a vue en descendre, mais elle n'est jamais arrivée chez les gens qui l'attendaient.

Chacune de ses paroles pénétrait au plus profond d'Anna. Mamie, en effet, avait évoqué devant elle, mais à mots couverts, le cas de cette jeune fille disparue depuis plus de trois mois. C'était si insupportable qu'Anna trouva enfin la force de protester.

– Ce sont des histoires pour grandes personnes. Ça ne nous regarde pas. On est trop petites.

Jacqueline secoua la tête d'un air misérable.

– Tu m'as mal écoutée. A la traite des Blanches, on aime aussi les petites filles. Pour eux, c'est pareil... On leur fait la même chose... La même chose que les hommes font aux femmes. Tu te rappelles ce que je t'ai confié, cet hiver, pendant les vacances ?

Anna se rappelait. Leurs parents étaient sortis chercher un arbre de Noël, et elles s'étaient retrouvées, toutes seules, devant la cheminée du salon. Anna lisait un livre de la collection Rouge et Or, et Jacqueline, comme souvent, rêvait. Tout à coup, elle était sortie de sa torpeur et avait demandé à Anna si elle savait comment se faisaient les enfants. Anna ne savait rien. Jacqueline, alors, lui avait minutieusement décrit ce qu'elle avait surpris, un matin, dans les dunes du Pyla. Certains détails avaient choqué Anna, d'autres pas. Elle avait déjà vu des animaux s'accoupler, et d'apprendre que les grandes personnes faisaient de même n'avait pas été une immense révélation. Pourtant, sans qu'elle sache pourquoi, elle évitait d'y penser.

– Tu comprends, maintenant, ce que nous risquons, et pourquoi j'ai peur.

Jacqueline serra l'oreiller contre sa poitrine. Anna vit ses épaules s'agiter et comprit qu'elle s'était remise à pleurer. Elle l'envia. Au moins pleurer était un soulagement. D'horribles images l'envahissaient. Elle se voyait sortir du Couvent, descendre la rue Greuze, se diriger vers la station de métro Trocadéro. Un inconnu, dont le visage était dissimulé par un chapeau, la suivait...

Anna se redressa si brusquement que sa tête heurta le montant en bois du lit. Elle fixa, avec une obstination désespérée, le reflet des arbres dans le miroir. Elle se répétait : dans le grand sapin dort la chouette, en bas veille Bambi, à l'aube les biches et les cerfs se désaltéreront dans le lac du bois Saint-Laurent, Jules monte la garde dans sa maison près du portail, Jean-Baptiste rêve, papa travaille pour la paix en Algérie...

Des soupirs la tirèrent de son énumération. A l'autre bout du lit, Jacqueline venait de s'endormir. Des larmes mouillaient encore ses joues, mais elle souriait, accrochée à l'oreiller comme à une bouée. Cette vision raviva toutes les affreuses images. Anna se leva et alla s'accouder à la fenêtre. Le parc était tranquille, encore humide de pluie. Il s'en dégageait une odeur sucrée qui déjà appartenait à l'automne. Anna, à voix basse, chantonnait un cantique. Elle savait qu'elle devait oublier ce qui lui avait été révélé. Il lui suffisait de ne plus y penser, de faire comme si rien de tout ça n'avait existé. Manger du chocolat ou du raisin l'y aiderait. Elle se souvint des boîtes de friandises entreposées au salon et décida de tenter l'expédition.

Il faisait très sombre dans l'escalier. Anna descendait lentement, une main posée sur la rampe, soucieuse de ne pas faire craquer les marches.

Au premier étage, elle s'arrêta un instant, presque essoufflée. L'idée que sa famille dormait, alors qu'elle était debout, invisible et ignorée, lui plaisait beaucoup. Elle espérait surprendre des ronflements, mais ce furent des bruits très légers, à peine audibles, qui attirèrent son attention.

Il lui sembla que quelqu'un ouvrait et refermait une porte

au rez-de-chaussée. C'était si terrifiant qu'elle pensa s'évanouir. Ainsi donc, Jacqueline avait raison : les kidnappeurs étaient partout, s'infiltraient dans toutes les maisons, rien ni personne n'avait le pouvoir de les arrêter. Que le chien Bambi n'ait pas aboyé était bien la preuve de leur invincibilité. Elle s'agrippa à la rampe et, hypnotisée par la peur, regarda.

Deux silhouettes traversaient le vestibule. Anna les vit accrocher leurs pèlerines au portemanteau, et, seulement alors, reconnut sa tante Betty et son oncle Henri. Elle voulut s'enfuir, mais n'en eut pas le temps : déjà ils étaient là, à mi-escalier, aussi étonnés par sa présence qu'elle l'était par la leur. Elle remarqua que leurs pieds étaient mouillés et que Betty avait des brins d'herbe dans les cheveux.

– Tss, tss! Que c'est vilain de faire l'espionne! finit par dire oncle Henri à voix basse.

Il franchit les quelques mètres qui le séparaient d'Anna et la prit par les épaules.

– Qu'est-ce que tu fais là, crapule?

– Elle va, bien sûr, nous dire que c'est sa dernière soirée, chuchota Betty qui les avait rejoints.

Oncle Henri lui serra l'épaule au point de lui arracher un gémissement.

– Dis-nous la vérité, Anna. Est-ce cette fichue dernière soirée qui fait que tu te trouves, à plus de deux heures du matin, devant la porte de ma chambre?

Il n'avait pas l'air de plaisanter, Anna jugea prudent de ne pas le contrarier.

– Oui, dit-elle, c'est ma dernière soirée avant la rentrée des classes...

– Et parce que c'est ta dernière soirée, tu te crois tout permis?

– Oui.

– Eh bien, non, fillette.

Oncle Henri, enfin, souriait. Il se tourna vers Betty comme s'il s'attendait à ce qu'elle dise quelque chose. Mais Betty se mordillait les lèvres et jouait avec son collier de perles. Il caressa les cheveux d'Anna, lui fit un clin d'œil.

– Je passe l'éponge pour cette fois, mais c'est un prêté pour un rendu : on ne t'a pas vue, tu ne nous as pas vus. Bref, motus et bouche cousue. Promis ?

– Promis, s'empressa de répondre Anna sans savoir vraiment à quoi elle s'engageait.

– Tu crois vraiment qu'on peut lui faire confiance ? murmura Betty.

– Ne t'inquiète pas...

« Ils se tutoient », pensa Anna. C'était si surprenant qu'elle cessa aussitôt de penser. D'ailleurs, son oncle Henri la poussait en direction du deuxième étage.

Elle gravit quelques marches et se retourna une dernière fois, le temps de les voir, l'un et l'autre, regagner leur chambre respective. Elle tendit l'oreille, attentive au moindre craquement de plancher. Mais tout demeura silencieux. Son oncle et sa tante avaient l'art de se déplacer tels des fantômes. Alors, profondément, délicieusement, elle bâilla.

Rencontre avec Fanou

Mère Geneviève s'installa sur sa chaise et, d'une voix mélodieuse, annonça le début du cours de français.

Les trente-cinq petites filles qui composaient sa classe ouvrirent, en silence, leur livre de récitation.

– Livre fermé, ordonna Mère Geneviève en donnant un bref coup de règle sur le rebord de son bureau.

Elle mit ses lunettes et ouvrit un grand cahier à couverture cartonnée.

Anna, la voyant hésiter, prit peur. Interrogée l'avant-veille, elle avait, depuis, négligé de réviser sa récitation. Elle se rappela qu'elle avait obtenu un douze, note passable mais honnête, et se rassura : il y avait peu de chances pour que Mère Geneviève la questionnât de nouveau. Ce n'était pas le cas de sa voisine de droite, Marion, qui lui jetait des regards désespérés. Anna n'aimait ni ses grosses joues ni ses lourdes tresses blondes et se détourna, aussitôt, vers sa voisine de gauche, Stéphane-Marie.

Celle-ci l'intéressait davantage. Elle était brune et menue. Ses silences, sa façon de se tenir à l'écart lors des récréations, intriguaient Anna. Elle avait tenté, à deux ou trois reprises, de se lier d'amitié avec elle, mais Stéphane-Marie s'était dérobée. « Elle est snob et poseuse », avait alors conclu Anna, en reprenant, sans le savoir, le jugement de ses autres compagnes.

Le doigt de Mère Geneviève descendait le long de la colonne des noms.

– Mademoiselle Deborge!

L'élève appelée se leva.

– « Le chat, la belette et le petit lapin », annonça-t-elle.

Mère Geneviève approuva du menton et l'élève commença :

– « Du palais d'un jeune lapin
Dame belette un beau matin
S'empara, c'est une rusée... »

Anna s'estima sauvée et, généreuse, sourit à ses deux voisines. Mais l'une fixait une tache d'encre incrustée dans le pupitre, et l'autre, toute à ses appréhensions, suçait sa gomme. Anna regarda alors ses autres compagnes qui écoutaient avec attention la fable de La Fontaine, hypnotisées par le ton monocorde de la récitante.

Elles étaient vêtues, comme Anna, d'un tablier bleu, droit, plissé sous la poitrine. En dessous, toutes portaient l'uniforme gris qui faisait le prestige de l'institution et qu'Anna haïssait. Elle avait essayé de protester, d'apitoyer ses parents. Mais ils étaient restés très fermes. Porter un uniforme, même gris, n'avait rien de dramatique pour une petite fille de dix ans. Seule, sa tante Betty avait compati et lui avait offert un bonnet du plus beau rouge. Malheureusement, les couleurs étaient interdites aussi bien à l'intérieur qu'à l'extérieur du Couvent, et Anna devait attendre le dimanche pour porter son cadeau.

« Je jure de ne jamais mettre du gris quand je serai grande. Croix de bois, croix de fer, si je mens, je vais en enfer », se dit-elle en fixant la statue de la Vierge qui se trouvait dans une niche, au-dessus de la porte d'entrée. Apaisée par son serment, elle se tourna vers la fenêtre. Mais ce qu'elle vit l'accabla de nouveau : le ciel était gris, aussi gris que son uniforme. Elle essaya de se souvenir de la couleur du ciel à la campagne. Elle le voyait bleu, ou traversé de nuages, ou rayé par un arc-en-ciel. Les grands arbres s'y dessinaient, et leur vert n'avait rien de commun avec le vert des arbres de Paris. Il faudrait que quelqu'un de qualifié lui expliquât ce mystère. Son oncle Henri, peut-être, ou Jules, le jardinier.

La voix de Mère Geneviève la ramena aux mornes réalités de la salle de classe.

– Bien, mademoiselle Deborge. Veuillez continuer, mademoiselle Rivière.

L'élève félicitée se rassit, Stéphane-Marie se leva.

– Je m'aperçois que je vous ai déjà interrogée il y a deux jours, mademoiselle, et que je vous ai mis un deux... dit Mère Geneviève.

Elle tourna lentement les pages de son grand cahier.

– La semaine dernière, vous avez obtenu un cinq, un deux encore, et, par je ne sais quel hasard, un dix... C'est tout à fait insuffisant...

Stéphane-Marie, toujours debout, écoutait ces reproches, les yeux baissés, le corps raidi.

La religieuse était inquiétante. Il se dégageait d'elle une dureté d'autant plus remarquable que tout en elle était douceur : sa voix, son visage pâle et rose, ses yeux bleus, son front immense.

– C'est tellement insuffisant, mademoiselle Rivière, que j'hésite à vous interroger de nouveau... Je crains d'avoir encore à vous mettre une mauvaise note... Vraiment, j'hésite...

Stéphane-Marie avait relevé la tête et regardait droit devant elle, au travers de la porte vitrée. Elle paraissait résignée au pire.

– Rasseyez-vous, mademoiselle Rivière, trancha enfin Mère Geneviève, et continuez, mademoiselle De Roux.

Stéphane-Marie se glissa sur son banc, sans manifester le moindre signe de soulagement. L'autre élève reprit la fable avec une emphase très théâtrale.

– « Et quand ce serait un royaume
Je voudrais bien savoir, dit-elle, quelle loi
En a toujours fait l'octroi
A Jean, fils ou neveu de Pierre ou de Guillaume,
Plutôt qu'à Paul, plutôt qu'à moi. »

Quelques rires, à peine étouffés, saluèrent la récitante. Consciente d'avoir un public, celle-ci grossissait sa voix, marquait des pauses, accompagnait chaque phrase de vigoureux hochements de tête. Ses camarades, comme Mère Geneviève, l'écoutaient, séduites. Ce n'était pas le cas d'Anna.

– Grotesque... murmura-t-elle entre ses dents.

Un coup de règle claqua sur le bureau.

– Vous avez parlé, mademoiselle Taurant!

Anna tressaillit, plus de surprise que de frayeur.

– Et qu'avez-vous dit, mademoiselle Taurant?

– Je... je ne sais plus...

– Vous ne savez plus... Mais vous avez parlé. L'admettez-vous?

– Oui, je l'admets.

– Oui, je l'admets, ma Mère, corrigea la religieuse.

Il y eut un court silence. Toutes les petites filles épiaient maintenant Anna avec un mélange de plaisir et d'effroi.

Elles savaient, d'instinct, que quelque chose de désagréable tombait sur l'une d'entre elles et, en secret, s'en réjouissaient.

Anna sentait cette tension et l'intérêt que sa situation réveillait chez Stéphane-Marie.

Quant à son autre voisine, Marion, elle la devinait ratatinée par la peur.

Un second coup de règle, plus violent que le précédent, les fit toutes sursauter.

– Puisque Mlle Taurant « ne se souvient plus », je vais demander à Mlle Rivière de nous rapporter ce qu'elle a dit. Alors, mademoiselle Rivière?

Stéphane-Marie se tassa sur son banc. Une expression à la fois résolue et effrayée se lisait sur son visage.

– Pardon, ma Mère, il ne m'a pas semblé qu'Anna ait parlé, dit-elle après une seconde de réflexion.

« Elle ne me dénonce pas... Elle me protège », pensa Anna, bouleversée. C'était si merveilleux qu'elle ne put retenir un sourire de contentement, sourire que surprit Mère Geneviève.

Elle fixa les deux petites filles de son regard bleu qui ne

cillait jamais et qui contribuait à renforcer, dans toute l'institution, sa réputation de sévérité. Deux taches rouges étaient apparues à la hauteur de ses pommettes, signe chez elle d'une colère contenue.

– Puisque vous persistez l'une et l'autre dans le mensonge, je porterai l'affaire jusqu'à notre Mère supérieure. Reprenez donc la récitation, mademoiselle Rivière.

Stéphane-Marie ouvrit la bouche, écarquilla les yeux, mais ne dit rien.

– Levez-vous! ordonna Mère Geneviève.

Stéphane-Marie obéit.

– Je ne me souviens plus, murmura-t-elle.

– Mais vous vous souviendrez du zéro que je viens de vous mettre! Vos parents apprécieront. Asseyez-vous.

Stéphane-Marie regagna sa place. Elle était devenue blanche, ses lèvres s'étaient mises à trembler. Elle se couvrit le visage des deux mains.

– Mlle Taurant va poursuivre! tonna Mère Geneviève.

Anna se leva avec une lenteur exagérée. Près d'elle, Stéphane-Marie pleurait, affaissée sur son pupitre. Des larmes passaient entre ses doigts et faisaient, sur le haut de son tablier, des petits ronds foncés. Cette vision décida Anna : elle ne devait pas, elle aussi, s'exposer à pareille humiliation.

Elle reprit la fable, au hasard, avec l'espoir que son ange gardien saurait l'inspirer.

– « C'était un chat vivant comme un dévot ermite
Un chat faisant la chattemite
Un saint homme de chat, bien fourré, gros et gras. »

Une vague de rires l'interrompit. Toutes ses camarades s'étaient retournées vers elle. Anna fit comme si de rien n'était et reprit :

– « Arbitre expert sur tous les cas.
Jean lapin pour juge l'agrée.
Les voilà tous deux arrivés
Devant sa majesté fourrée. »

Les rires redoublèrent. Mère Geneviève tapa dans ses mains.

– Non, mademoiselle Taurant, non, vous avez sauté sept lignes.

Anna se tut, confuse.

– Vous ne vous souvenez pas de ces sept lignes? Vous allez avoir un zéro, mademoiselle Taurant...

L'injustice de cette sanction réveilla une colère jusque-là contenue.

– Si je me souviens mal, protesta Anna, c'est que c'est trop compliqué, cette histoire de terre qui est au premier occupant, à Pierre, à Paul, à je ne sais plus qui, mais que veulent la belette, Jeannot lapin...

– Mademoiselle Taurant, taisez-vous, vous avez zéro!

– ... ou alors, c'est l'inverse : la terre est à Jeannot lapin et c'est Pierre ou Paul qui veulent la lui chiper... Moi, je ne sais pas à qui elle appartient pour de vrai, cette terre, et d'ailleurs je m'en fiche.

Rouge, le souffle court, Anna se laissa tomber sur son banc.

– Je ne vous ai pas autorisée à vous asseoir, cria Mère Geneviève.

Anna se releva.

– Non seulement vous avez zéro, mais vous passerez la récréation, punie, dans le cabinet de Mère Marie-Ange. Le problème de « à qui appartient la terre » est un problème grave, avec lequel on ne plaisante pas. Malheureusement certains Français, votre famille entre autres, ont des opinions erronées en ce qui concerne la terre d'Algérie.

– Ma famille? répéta Anna.

– J'ai bien dit votre famille, mademoiselle Taurant... Votre père...

Mère Geneviève s'interrompit quelques secondes, accablée. Anna ne comprenait pas pourquoi sa famille était ainsi citée, à propos d'une fable de La Fontaine.

Une fatigue soudaine l'envahit, ses mains d'abord, puis son corps tout entier se mirent à trembler.

Mère Geneviève, à nouveau, l'interpella.

– Car à qui appartient la terre d'Algérie, mademoiselle Taurant ?

« Si je ne respire pas, si je ne bouge pas, si je fixe la pointe de mes chaussures, je vais m'évanouir », pensa Anna.

Autour d'elle, des bras, un peu partout, se levaient : ses compagnes se pressaient pour donner la bonne réponse. Une voix aiguë cria :

– A la France, ma Mère, à la France !

Anna, alors, sentit que ses jambes ne la soutenaient plus. Elle ferma les yeux et, mollement, s'affaissa sur sa voisine Marion. Elle crut qu'elle allait vomir et gémit. Marion, terrifiée, se plaignait.

– Je t'en prie... réveille-toi...

Anna ouvrit les yeux, soulagée. Elle n'avait pas vomi et savait, maintenant, qu'elle ne vomirait pas. Elle entr'aperçut Mère Geneviève qui quittait précipitamment son bureau et venait vers elle dans un grand bruissement de robe.

– Que vous arrive-t-il, ma fille ?

Elle posa une main blanche et sèche sur le front d'Anna.

Certaines élèves, parmi les plus audacieuses, s'étaient rapprochées. D'autres se contentaient de suivre la scène, debout, à leurs places.

– Vous transpirez mais vous n'avez pas de fièvre... Donnez-moi votre poignet, disait Mère Geneviève. La tension est normale... Vous avez pris un petit déjeuner, ce matin ?

La cloche qui annonçait la fin des cours résonna, provoquant un radical changement d'intérêt. Les petites filles se bousculèrent vers la sortie et Mère Geneviève, elle-même, parut pressée. Elle pinça les joues d'Anna qui ne put retenir un cri de douleur.

– Ne soyez pas douillette, lui dit la religieuse, c'est pour redonner un peu de couleurs à ce visage qui en a bien besoin...

Elle l'aida à se mettre debout et, de sa voix redevenue mélodieuse, ajouta :

– Allez en récréation, l'air vif vous fera du bien. Vous avez eu un malaise, mademoiselle Taurant, un simple et banal petit malaise...

Encore un peu tremblante, encore un peu effrayée, Anna se hâta de quitter la salle de classe.

Sur le palier, appuyée au mur, Stéphane-Marie l'attendait en triturant une mèche de cheveux.

– Tu t'es évanouie pour de vrai ?

– Non, je me suis évanouie parce que j'ai voulu m'évanouir.

Anna et Stéphane-Marie faisaient lentement le tour de la cour de récréation. Autour d'elles, une centaine de filles, entre huit et quatorze ans, s'ébattaient en poussant des cris perçants. Certaines sautaient à la corde, d'autres jouaient au ballon prisonnier, ou à la marelle. Les plus âgées, pour bien se différencier des petites, allaient et venaient par groupes de trois ou quatre, en se tenant par la taille.

Deux grands marronniers achevaient de perdre leurs feuilles et Anna pensa aux marronniers de sa grand-mère. Elle eut envie de les décrire à Stéphane-Marie mais elle n'osa pas. Alors elle revint à ce qui avait eu lieu dans la salle de classe.

– Je me suis sentie très mal, j'ai souhaité m'évanouir et ça a marché.

– Veinarde...

Pour la première fois, peut-être, Stéphane-Marie souriait.

– Moi qui ai tant de mauvaises notes, si je pouvais m'évanouir à chaque interrogation, je serais sauvée ! Tu m'apprendras ?

– Je ne sais pas si je saurais recommencer...

Elles firent encore quelques pas en direction du potager privé que cultivaient les religieuses. Une barrière en bois les en séparait. De l'autre côté, quelques dahlias tardifs voisinaient avec les premiers chrysanthèmes.

– J'aimerais y aller, dit Anna. Il paraît qu'au printemps, on y trouve des fraises.

– Mais c'est interdit, objecta Stéphane-Marie.

Anna fit la brave, comme elle avait coutume de le faire avec son petit frère Jean-Baptiste.

– On ira.

– Mais comment ?

– On dira qu'il nous faut des fleurs pour la Sainte Vierge de la chapelle.

Stéphane-Marie, alors, rit carrément. Elle riait très fort, par saccades, comme quelqu'un qui ne rit pas souvent. C'était si communicatif qu'Anna rit à son tour. Mais une religieuse surgit de derrière un plant de poireaux, et elles durent rebrousser chemin.

Revenues à la hauteur du bâtiment central, Stéphane-Marie, soudain grave, demanda :

– Qu'est-ce qu'elle fait de spécial, ta famille ?

– Elle ne fait rien de spécial.

– Mère Geneviève semblait dire...

Anna hésitait. Pour des raisons qui lui échappaient, elle se sentait mal aimée des religieuses. Elle eut peur que sa nouvelle amie, à son tour, cessât de l'aimer, et tenta une réponse.

– Papa fait de la politique. Il connaît le général de Gaulle. Tu sais qui c'est ?

– Bien sûr.

Stéphane-Marie avait répondu en bâillant. Elle paraissait à la fois excédée et méfiante. Il y eut entre elles un silence qui heureusement ne dura guère.

– Moi, je suis de la famille de Jacques Rivière. Tu sais qui c'est ? reprit Stéphane-Marie.

– Non.

– C'est un écrivain connu, ami d'un écrivain encore plus connu qui s'appelle Alain-Fournier et qui a écrit un livre très célèbre : *Le Grand Meaulnes*.

Anna jouait avec un marron et regardait le ciel qui lui parut, soudain, moins gris.

– C'est assommant d'avoir quelqu'un de célèbre dans la famille, se plaignait Stéphane-Marie, parce qu'on vous en parle toujours quand on a fait cinquante fautes en dictée ou raté une division...

Une sonnerie prolongée lui coupa la parole : c'était la fin de la récréation. Les élèves devaient se mettre en rang, deux par deux, devant les portes de leurs salles de classe respectives. Les religieuses présentes tapaient dans leurs mains et leur criaient de se dépêcher.

– Allons-y, on va encore se faire attraper, maugréa Stéphane-Marie.

Anna la retint par un pan de son tablier.

– Tu m'as sauvée, tout à l'heure, en ne me dénonçant pas... Merci, Stéphane-Marie.

– Fanou.

– Pardon ?

– Appelle-moi Fanou, c'est comme ça qu'on m'appelle chez moi.

Presque trois semaines s'étaient écoulées. Anna et Fanou se retrouvaient quotidiennement au Couvent. Un jeudi, elles étaient allées, chaperonnées par Mlle Barbara, voir *Vingt Mille Lieues sous les mers* au Bon Cinéma d'Auteuil. Jean-Baptiste les y avait accompagnées, un peu jaloux, un peu intimidé : c'était la première fois que sa sœur lui présentait une amie. Puis étaient venues les petites vacances de la Toussaint, et Anna était partie pour la campagne, chez sa grand-mère. Elle avait, avec enthousiasme, parlé de Fanou et Mamie avait évoqué la possibilité de l'inviter à Noël.

C'est ce qu'Anna, radieuse, rapportait à Fanou, tandis qu'elles revêtaient leurs manteaux gris et s'apprêtaient à quitter la salle de classe.

– Tu verras comme c'est bien. On ramasse du bois, du houx, de la mousse et on fait la crèche avec oncle Henri. Après, on va à la messe de minuit à Plally, et puis on réveillonne...

Dehors, près du portail, se pressaient, d'un côté, les élèves qui allaient sortir et, de l'autre, leurs mères qui les attendaient. Entre les deux groupes, droite et grande comme une statue d'église, se tenait Mère Marie-Ange.

Anna ne pouvait passer devant elle sans un serrement de cœur. La religieuse, un jour, l'avait prise à partie devant tout le monde, pour une histoire de cartable mal fermé. Depuis, elle la redoutait, comme la redoutait, d'ailleurs, l'ensemble des pensionnaires, des plus petites aux plus grandes.

– Mademoiselle Taurant!

Anna se figea dans l'allée. Ainsi donc l'épreuve recommençait... Elle n'essaya même pas de deviner la faute qu'elle avait commise, tant elle était persuadée, à l'avance, qu'il y avait faute.

– Mademoiselle Taurant! Approchez-vous, je vous prie!

Anna obéit et avança, la tête baissée, les épaules voûtées. Fanou la suivit, effrayée, elle aussi.

– Mademoiselle Taurant, vous avez oublié de mettre vos gants... Et vous savez que le port des gants est obligatoire au Couvent.

– Je m'excuse, dit Anna dans un murmure.

– On ne dit pas « je m'excuse », mais « je vous prie de m'excuser ». Ce n'est pas vous qui vous excusez vous-même, c'est moi qui, à la rigueur, pourrai vous excuser. Mais justement, mademoiselle Taurant, je ne vous excuse pas.

Anna dissimula ses mains dans les poches de son manteau. Elle les savait sales, couvertes de taches d'encre, et craignait que Mère Marie-Ange n'exigeât de les voir de plus près. Cela serait d'autant plus pénible que ses camarades et leurs mères la dévisageaient, maintenant, avec curiosité.

Seule Mère Marie-Ange parlait, en prenant les dames à témoin.

– Ne trouvez-vous pas que c'est laid, une petite fille qui sort sans ses gants? Ne trouvez-vous pas que cela fait mauvais genre?

Elle pointa un doigt accusateur vers Anna.

– Quand on s'appelle Taurant, quand on est la fille de Serge Taurant, on se doit d'être particulièrement docile et convenable.

– J'ignorais que vos murs abritaient la fille de Serge Taurant, dit une femme blonde, enveloppée de fourrures.

Mère Marie-Ange joignit ses deux mains en un geste conciliant. Elle sourit, et Anna, malgré sa peur, pensa que la religieuse avait les plus grandes dents du monde et qu'elle ressemblait à un vieux cheval. Cette comparaison l'amusa. Elle se souvint d'autres grandes dents, beaucoup plus sympathiques, celles de l'acteur Fernandel. D'imaginer Fernandel avec un voile de religieuse était si distrayant qu'elle avait du mal à suivre les explications de Mère Marie-Ange.

– Vous comprenez, disait la religieuse, le Couvent a élevé successivement la grand-mère d'Anna et sa mère. En notre âme et conscience, nous ne pouvions pas refuser cette petite fille...

Un silence poli suivit ces dernières paroles. Mère Marie-Ange prit Anna par le bras et la guida, amicale, jusqu'au portail.

La rue Greuze faisait un angle. Anna et Fanou attendaient de le dépasser pour échanger leurs impressions, car la religieuse, dans leur dos, les surveillait encore. Elles avançaient donc à pas comptés, en se tenant très droites.

– Ouf! dit Anna en abordant la deuxième partie de la rue Greuze.

– Je les déteste toutes, dit tranquillement Fanou.

– Bah...

– Tu raconteras à tes parents? Tu devrais...

Anna haussa les épaules.

– Papa est à Genève et maman l'a rejoint pour quelques jours. C'est tante Betty qui nous garde...

Elle se tut. Les paroles de Mère Marie-Ange lui revenaient en mémoire et lui étaient désagréables.

– Ma mère à moi n'est pas là non plus. Je peux venir goûter chez toi, si tu veux, proposa alors Fanou.

Dans le métro, elles s'assirent côte à côte sur la banquette, leurs cartables entre les genoux. Autour d'elles, six garçons d'environ quinze ans poursuivaient une conversation animée.

Ils se comportaient comme s'ils étaient les seuls occupants de la rame, avec une insolence impressionnante.

Anna supposa qu'ils venaient du lycée Janson-de-Sailly et s'intéressa à eux. Elle savait que son père et ses oncles y avaient fait leurs études, et que Jean-Baptiste, quand il serait plus grand, y ferait les siennes.

L'un d'entre eux attirait particulièrement son attention. Il avait des cheveux blonds et bouclés, des traits fins et énergiques. Il ressemblait à Alix l'Intrépide, l'un de ses héros favoris. Il désignait un journal à ses camarades.

– C'est clair pour tout le monde qu'ils sont du côté des assassins, disait-il d'une voix calme.

Ses amis approuvèrent.

– Des traîtres!

– De la vermine, oui...

Le journal passa de main en main et revint à celui qu'Anna surnommait Alix. Il le brandit à bout de bras et éleva la voix de façon à être entendu des autres voyageurs.

– La grande Zorha ne veut pas interdire ce torchon, nous le ferons interdire!

Un vieil homme, debout près d'Anna, les toisait avec mépris.

– Petits cons, murmura-t-il.

C'était si surprenant qu'Anna pensa avoir mal entendu. Elle regarda à nouveau le vieil homme, mais rien chez lui ne confirmait les deux mots qu'elle avait cru comprendre.

Il se tenait un peu voûté, sa moustache blanche était finement taillée et ses vêtements d'une grande élégance. Anna en conclut que la grossièreté était impossible chez quelqu'un d'aussi comme il faut. Elle revint alors aux deux adolescents qui lui faisaient face et, à contretemps, pouffa.

– Qu'est-ce qui te fait rire? dit l'un d'eux. La photo du Général en première page?

Il lui posa le journal sur les genoux.

Anna lut d'abord *L'Express,* puis cette phrase qui s'étalait en grosses lettres rouges : « Qui paye l'OAS? » En dessous, il y avait la photo d'un homme qu'elle ne connaissait pas. Elle sourit à Fanou dans l'espoir que celle-ci l'aiderait à mettre un nom sur ce visage, mais Fanou détourna les yeux. Elle paraissait mal à l'aise et contrariée. Anna se souvint qu'elle détestait lier connaissance avec des inconnus. En face le garçon s'impatientait.

– Tu as perdu ta langue ou bien on ne connaît pas le général Salan, chez toi ?

– Je ne sais pas, répondit Anna.

– Et ce torchon, tu connais ?

– Oui, *L'Express*, je connais.

Son assurance surprit le bel Alix. Anna ne put résister au plaisir de l'étonner davantage encore.

– Ma tante Betty, c'est Madame Express... Enfin, une des Madame Express, il y en a d'autres. Je suis allée, avec elle, pour son travail, aux Galeries Lafayette, à cause du blanc. Vous savez ce que c'est, le blanc, dans les grands magasins ?

Alix lui prit le journal des mains et la regarda avec condescendance.

– Voyez-moi ça, le blanc... Et où ça ? Aux Galeries Lafayette ?

Anna se troubla.

– Peut-être, c'est Prisunic ou le Printemps...

Un autre garçon, qui jusqu'alors n'avait rien dit, intervint.

– Sa tante est journaliste à *L'Express*... C'est intéressant...

Il avança son visage couvert de boutons vers Anna et demanda :

– Dis-nous le nom de ta tante ! Son adresse ?

– Jasmin, annonça Fanou à voix basse.

Le métro s'immobilisait à la station Jasmin. Anna, si elle voulait descendre, n'avait plus le temps de parler de sa tante Betty. Elle prit son cartable et, malgré les protestations des jeunes garçons, suivit Fanou. Elle crut les entendre rire et pensa, vexée, qu'ils se moquaient d'elle. Le vieil homme distingué descendait aussi. Sur le quai, en la dépassant, il lui fit un clin d'œil. Anna en fut si stupéfaite qu'elle lâcha son cartable.

– Mais qu'est-ce que tu fais encore ? se plaignit Fanou.

– Je n'aime pas du tout ton histoire, dit Betty.

Elle avait écouté, impassible, le récit de la rencontre dans le métro et avait réfléchi quelques secondes avant de faire son premier commentaire.

– Pourquoi ? Ils avaient l'air gentils, dit Anna.

– Justement.

Betty alluma le plafonnier. Une lumière crue éclaira la cuisine et Anna remarqua que sa tante avait du rouge à lèvres et sortait de chez le coiffeur. Son parfum à la vanille se mêlait à l'odeur du chocolat qu'elle achevait de préparer. Elle emplit les bols d'Anna, de Fanou et de Jean-Baptiste et prit place auprès d'eux.

– Il faut que vous compreniez, dit-elle, que nous traversons une période trouble et dangereuse...

Elle avait un ton docte et chagrin qu'Anna détestait. C'était le ton qu'utilisaient les autres membres de sa famille, le ton « politique ».

Anna se demandait pourquoi la guerre d'Algérie métamorphosait ainsi les grandes personnes. Les plus sympathiques devenaient ennuyeuses et les plus ennuyeuses devenaient insupportables. Mais il était interdit de les interrompre, il fallait subir jusqu'au bout leurs sermons.

« Comme à la messe », pensa Anna.

Elle voulut attirer l'attention de Fanou, mais Fanou contemplait, morose, le calendrier des postes accroché au-dessus du réfrigérateur. Elle n'avait guère prononcé plus de trois mots depuis son arrivée avenue Mozart et semblait décidée à n'en pas prononcer d'autres.

Ce n'était pas le cas de Betty.

– ... Il y a les Français qui défendent ardemment le général de Gaulle, nous en faisons partie...

– ... et patati, chantonnait Anna à voix basse.

– ... et les autres qui se trompent, l'Histoire le dira...

– ... et patata...

Betty s'arrêta, irritée.

– Qu'est-ce que tu marmonnes, Anna ?

Jean-Baptiste, heureusement, intervint.

Il avait quitté sa chaise et s'était rapproché de celle de sa tante, son *Journal de Mickey* à la main. Il paraissait attendre qu'elle ait fini de parler, pour, à son tour, dire quelque chose.

– Oui, mon chéri ?

– J'ai failli avoir une bonne note.

– En dessin ?

– En dictée.

– Voilà qui est inattendu !

Betty le souleva de terre et l'installa sur ses genoux.

Jean-Baptiste posa sa tête sur la poitrine de la jeune femme et, en bafouillant, raconta :

– J'étais si fier de me souvenir qu' « horizon » s'écrivait avec un « z »... Mais je ne savais pas qu'il y avait aussi un « h » !

Betty éclata de rire. Anna fit de même, soulagée du tour nouveau que prenait la conversation. Cette double hilarité déplut à Jean-Baptiste. Il apostropha, furieux, sa sœur et son amie.

– Comment vous l'écrivez, vous, « horizon » ?

Fanou rougit, Anna avala de travers.

– Bonne question, approuva Betty. Alors, comment vous l'écrivez, ce mot ?

Devant leur silence, elle prit un air faussement accablé.

– J'aimerais bien savoir ce qu'elles vous apprennent, ces dames de la rue Greuze ?

« Rien », eut envie de répondre Anna. Mais elle ne le fit pas, à l'avance découragée par ce qu'on risquait de lui répliquer. Ses derniers bulletins scolaires étaient si mauvais que son père, en personne, était intervenu. Il lui avait exprimé sa déception, et Anna en avait été blessée. Jusqu'alors, elle avait été une élève moyenne, protégée par de régulières bonnes notes en français et en histoire. Depuis son entrée au Couvent, ces deux matières avaient cessé d'être sa spécialité et Anna s'y était révélée aussi médiocre que dans les autres. Elle avait, d'abord, soupçonné les religieuses d'être trop sévères avec elle. Mais son père l'avait accusée « d'inventer des excuses à sa paresse » et Anna avait dû promettre de s'appliquer davantage. La présence de Fanou, à la campagne, chez Mamie, en dépendait...

– Vachement difficile, « horizon », hein ? jubilait Jean-Baptiste.

– Vous me faites honte, dit Betty.

Elle alluma une cigarette et observa Fanou qui achevait, sans plaisir, une tartine.

– Alors vous êtes parente de Jacques Rivière ? demanda-t-elle soudain.

– Oui, dit doucement Fanou.

– Parente à quel degré ?

– Je ne sais pas.

– Et Alain-Fournier, des membres de votre famille l'ont connu ?

Anna vit que Fanou avait posé sa tartine et s'était immobilisée sur sa chaise. Elle lui adressa un clin d'œil complice et répondit à sa place.

– Sûrement que sa famille le connaît ! On a fini de goûter, on peut s'en aller ?

Mais Betty, toute à sa rêverie, semblait ne rien entendre. Elle faisait des ronds de fumée et caressait machinalement la nuque de Jean-Baptiste, toujours assis sur ses genoux et qui somnolait, heureux.

– Ah, Augustin Meaulnes ! Ah, Yvonne de Galais ! dit-elle.

– On peut s'en aller ? répéta Anna en élevant la voix.

– Ce sera cinq malabars, cinq *Bob et Bobette*, ou rien.

Jean-Baptiste se tenait, buté, au milieu de la chambre qu'il partageait avec Anna. Depuis dix minutes, sa sœur le suppliait d'aller faire ses devoirs ailleurs et il s'y refusait.

– C'est mal de marchander, protesta Anna.

– Ou rien, répéta Jean-Baptiste.

Anna lui tendit les cinq albums qu'il réclamait.

– Et les malabars ?

– Demain.

Jean-Baptiste consentit enfin à s'éloigner, Anna referma la porte sur lui.

– Enfin seules ! triompha-t-elle.

Elle sortit du coffre à jouets un album de photos et s'allongea par terre, sur le tapis. Pour Fanou qui l'avait rejointe, elle commentait chaque photo, longuement, avec un plaisir évident. Son amie l'écoutait, attentive et sérieuse. Au bout d'un moment, elle demanda à feuilleter elle-même l'album et s'attarda sur une série de clichés représentant la mère d'Anna. On la voyait, brune et rieuse, qui traversait une prairie, un chapeau de paille à la main. Quelques pages plus loin, cette même jeune femme posait avec Anna, assise très droite sur ses genoux. Jean-Baptiste jouait à ses pieds, avec un setter irlandais.

– Bambi, précisa Anna, en désignant le chien.

Elle tourna la page et montra, ensuite, le portrait d'un homme en tenue d'officier.

– Papa, pendant la guerre.

Mais Fanou, impatiente, revint aux photos de la mère d'Anna. Elle les contemplait, intensément, en s'arrachant, sans s'en apercevoir, les petites peaux autour des pouces. Son front s'était plissé, elle paraissait respirer avec difficulté.

– Comme elle a l'air de t'aimer ! finit-elle par dire.

Elle rejeta l'album avec brusquerie et alla se poster devant la fenêtre, comme happée par ce qui se passait de l'autre côté, dans la rue. Sa silhouette menue se détachait sur les grands rideaux de velours clair.

Anna fixait ses épaules étroites, son dos maigre, en proie à une frayeur qu'elle ne s'expliquait pas mais qui augmentait de seconde en seconde. Elle devinait que Fanou avait un chagrin et souffrait qu'elle ne le lui confie pas.

– Maman ne m'aime pas, dit alors Fanou en se retournant.

Elle traversa, à nouveau, la pièce. Dans un coin de la chambre se trouvait le lit de Jean-Baptiste. Fanou éteignit la lampe de chevet qui l'éclairait et s'assit sur l'édredon, les mains posées à plat sur ses genoux joints.

– Maman ne m'aime pas. Elle m'a beaucoup aimée, mais elle ne m'aime plus. C'est depuis qu'elle attend un bébé. Quand il sera là, je n'existerai plus du tout.

Anna ne savait que dire. Elle avait deviné, au fil des jours, que la venue prochaine d'un futur petit frère ou d'une future petite sœur déplaisait à Fanou. Elle s'en était étonnée, l'avait questionnée, mais Fanou, toujours, s'était tue.

– Peut-être tu te trompes, suggéra Anna.

– Non, je ne me trompe pas, je sais très bien de quoi je parle. Même si ma mère ne le sait pas encore, moi, je sais...

Elle se pencha en avant, et son corps entra dans la zone de lumière.

– Elle est devenue tellement distraite... Elle ne me voit pas... Elle ne parle que du bébé... Si tu la voyais caresser son ventre...

La voix de Fanou se transformait en un murmure inaudible. Elle se renversa sur le lit, les jambes repliées sous le menton. Anna aurait voulu la caresser, la prendre dans ses bras, dire à voix haute ce qu'elle ne cessait de se murmurer :

« Mais moi, je t'aime, Fanou, moi, je t'aime... »

Fanou, bien qu'elle lui tournât le dos, devina ses intentions.

– Je t'en prie, surtout ne dis rien, surtout ne me touche pas.

Et comme Anna, paralysée d'effroi, ne répondait rien.

– Tu ne peux pas comprendre.

Quelques minutes passèrent, interminables. Dehors, la nuit était tombée et les réverbères de l'avenue Mozart se reflétaient sur les carreaux de la fenêtre. Les bruits de tous les jours s'élevaient jusqu'à la chambre, monotones et familiers.

Une sirène de pompiers, soudain, déchira l'air. Anna imagina la voiture rouge qui montait la rue Ribéra et qui tournait, à toute vitesse, avenue Mozart. Il y eut encore d'autres sirènes et de nouvelles voitures passèrent, faisant trembler les vitres à chacun de leurs passages.

– Elles viennent de la caserne du bas, près de la rue La Fontaine... Il doit y avoir un incendie, expliqua Anna.

Fanou, toujours immobile, toujours tournée vers le mur, ne répondit pas. Mais on frappa à la porte et, comme un ressort, elle se redressa. C'était Betty.

– Quelle idée de rester plongées dans l'obscurité, dit la jeune femme en clignant des yeux.

Elle alluma la lampe de chevet de Jean-Baptiste et fit quelques pas dans la pièce. A la main, elle tenait un livre relié qu'elle agita, un instant, au-dessus de la tête d'Anna.

Fanou eut à son adresse un demi-sourire poli. Elle avait retrouvé ce visage lisse et mystérieux qui la faisait ressembler à une petite Chinoise. Anna, fascinée par cette métamorphose, la rejoignit sur le lit.

En face d'elles, Betty achevait de s'installer, tant bien que mal, sur un pouf marocain. Elle ouvrit le livre à la première page, et d'une voix enjouée, commença :

– « Chapitre premier : Le pensionnaire.

« Il arriva chez nous un dimanche 189... Je continue à dire “ chez nous ”, bien que la maison ne nous appartienne plus. Nous avons quitté le pays depuis bientôt quinze ans et nous n'y reviendrons certainement jamais. »

Fanou tourna son visage vers celui d'Anna et, sans que ses lèvres, en bougeant, la trahissent, murmura :

– Encore *Le Grand Meaulnes,* quelle barbe...

A cet instant, la sonnerie du palier retentit de façon insistante. Des pas résonnèrent à travers l'appartement, la porte de la chambre s'ouvrit d'un seul coup et oncle Henri apparut. Il n'avait pas enlevé son manteau et tenait à la main un paquet de bonbons.

– Attrape, petit singe, dit-il à l'intention d'Anna.

Elle saisit au vol le paquet et bouscula, pour cela, Fanou. Celle-ci ne protesta pas, mais se renfonça, irritée, contre le mur. Betty essayait, sans y parvenir, d'allumer une cigarette.

– Quel accueil ! railla oncle Henri.

Il mima une blessure grave, et roula jusqu'au pouf où se trouvait sa belle-sœur.

– Je ne vous attendais pas si tôt... dit-elle à mi-voix.

Il lui prit les poignets et, comme elle tentait de se dégager, lui arracha le livre des mains.

Anna suivait la scène avec intérêt. Elle avait remarqué un changement d'attitude chez sa tante et désirait partager sa découverte avec Fanou. Mais Fanou, obstinément, regardait dans la direction opposée.

– *Le Grand Meaulnes*, lut oncle Henri à voix haute. Vous n'avez rien trouvé de plus exaltant ? Arsène Lupin, par exemple ?

Fanou, enfin, sortit de sa réserve et eut un petit rire.

Anna l'imita, soulagée. Oncle Henri, triomphant, les désigna du doigt à sa belle-sœur.

– Vous voyez, elles me donnent raison. Je suis sûr qu'elles trouvent *Le Grand Meaulnes* rasoir.

– Henri... dit Betty d'une voix suppliante.

– Quoi, « Henri » ? J'ai dit une bêtise ?

– Stéphane-Marie Rivière est de la famille de Jacques Rivière...

Oncle Henri, surpris, lâcha le livre. Il regarda tour à tour les deux petites filles qui, serrées l'une contre l'autre, riaient toujours, et sa belle-sœur qui avait rougi.

– Chapitre deux, le mystère s'épaissit, dit-il d'un ton boudeur.

– Jacques Rivière avait épousé Isabelle Fournier, la sœur d'Alain-Fournier qui est l'auteur du *Grand Meaulnes*... Regardez donc la dédicace.

Betty ramassa le livre et le lui tendit.

– « A ma sœur Isabelle », lut-il.

Il prit un air grave et fit semblant de parcourir les premières pages.

– Magnifique ! conclut-il.

Il ferma le livre, le déposa avec un respect exagéré sur un coin de la table de nuit et sauta sur ses jambes. Betty le regardait et souriait timidement. Il lui tendit une main pour l'aider à se relever.

– Vous vous souvenez, j'espère, que nous sortons ensemble ce soir. Je vous emmène dîner à la Closerie des Lilas, puis nous irons dans une boîte.

Il fit un clin d'œil à Anna.

– Ta tante a des lectures trop sérieuses, il faut que je la débauche.

Anna s'apprêtait à demander le sens du mot « débauche », quand de nouvelles sirènes de pompiers retentirent. Oncle Henri se précipita pour ouvrir la fenêtre. Avenue Mozart, des voitures se succédaient, dans un grand désordre, en direction du Trocadéro.

– Seigneur ! dit oncle Henri, j'en ai déjà croisé cinq ou six en venant ici... Pourvu qu'il n'y ait pas encore eu un attentat...

Le père d'Anna, depuis de longues minutes, se taisait. Il était enfoncé dans son fauteuil, en chemise, la cravate dénouée.

Sur son bureau, une lourde lampe chinoise l'éclairait de face et Anna, assise de l'autre côté de la table, pouvait suivre chacune de ses expressions. Il lui sembla qu'il avait maigri et que son sourire, quand il souriait, était empreint de tristesse. Devant lui, le bulletin scolaire était ouvert à la page des commentaires de fin de trimestre. Il les avait lus distraitement, comme si, à l'avance, il en connaissait le contenu.

Anna sursauta. Son père, maintenant, croisait et décroisait les jambes tandis qu'une de ses mains s'ouvrait et se refermait sur le bras du fauteuil. Elle espéra qu'enfin il allait prononcer quelques mots – non pas des mots d'encouragement ou de consolation, ses mauvaises notes ne le justifiaient pas – mais des mots qui sauraient briser cette insupportable attente. Curieusement, elle n'avait pas peur, et si elle frissonnait, c'était de froid. Car malgré le radiateur allumé et les bûches qui brûlaient dans la cheminée, elle ne parvenait pas à se réchauffer. Cela durait depuis l'après-midi, depuis l'heure qu'elle avait passée debout dans la cour de récréation, punie pour avoir écrit, lors du cours d'instruction religieuse, un mot à l'intention de Fanou.

– Tu m'assures que Mère Marie-Ange t'a mise au piquet, cet après-midi, en plein mois de décembre ? dit soudain son père.

Anna acquiesça et, à regret, précisa :

– J'étais en manteau.

Elle l'entendit marmonner et crut comprendre : « C'est inadmissible. » Mais comme, de nouveau, il ne disait rien, elle n'osa pas le faire répéter. Pourtant elle aurait bien aimé savoir si c'étaient ses résultats scolaires qui étaient inadmissibles ou si c'était la punition que lui avait infligée Mère Marie-Ange. Des paroles de Fanou lui revinrent en mémoire. « Mère Marie-Ange te déteste », lui avait-elle affirmé à plusieurs reprises.

– Mère Marie-Ange me déteste, dit Anna.

– Je le pense aussi.

Cette réponse déconcerta Anna. Son père avait parlé tranquillement, avec juste une pointe d'agacement. Elle essaya de croiser son regard mais il était occupé à rallumer sa pipe. Alors elle fixa, pour se distraire, une photo du général de Gaulle, dans un cadre de cuir noir. Quelque chose d'illisible était écrit au bas de la photo, quelque chose dont elle se désintéressa.

– Mère Marie-Ange déteste le Général, voilà l'explication, dit son père en tirant, satisfait, quelques bouffées.

L'odeur du tabac envahit la pièce. Anna sourit, presque rassurée. Apparemment son père ne lui tenait pas rigueur de ses mauvaises notes et des nombreuses heures passées en retenue, le jeudi après-midi. Elle avait craint, un instant, qu'il ne veuille la punir et que cette punition concerne Fanou. Car

Fanou – c'était presque admis – devait l'accompagner quelques jours à la campagne. Les vacances de Noël approchaient et cela seul comptait.

La porte s'ouvrit, sa mère entra, suivie de Betty. Elles avaient toutes les deux des mines si graves qu'Anna pensa aussitôt qu'un attentat meurtrier avait eu lieu.

Elle savait, pour avoir écouté les conversations de ses parents, qu'il y en avait beaucoup, actuellement, à Paris.

– Un putsch ? dit-elle à tout hasard.

Les deux femmes esquissèrent un sourire, son père lui lança un coup d'œil irrité, le premier depuis qu'elle se trouvait avec lui dans la pièce.

– Ce n'est pas le moment de plaisanter, dit-il.

– Ne sois pas dur avec cette enfant...

Sa mère se pencha sur elle et l'embrassa sur le front.

– Tu aurais dû me raconter... Si je m'étais doutée... murmura-t-elle.

Anna se laissa faire, un peu surprise. Elle ne comprenait pas à quoi on faisait allusion, mais elle était confiante : d'ici peu l'explication lui serait donnée, il lui suffisait de patienter.

Betty s'était servi un verre de whisky et portait un toast :

– A la santé de ces vieilles biques ! Qu'elles crèvent toutes !

– Betty ! protesta la mère d'Anna.

– Oui, Betty, répéta son père, modère tes propos, tout de même !

Betty avala une gorgée de whisky et vint s'installer sur la petite balancelle recouverte de velours bleu, près de la cheminée.

Elle désigna les flammes à Anna et lui dit, sur le ton de la confidence :

– Elles rôtiront toutes en enfer...

– Qui ça ? demanda Anna sur le même ton.

Betty mit un doigt sur sa bouche et lui désigna son père qui s'était levé et qui se versait, à son tour, un verre de whisky.

– Anna, tu n'iras plus au Couvent, dit-il.

– Ma petite fille est contente ? ajouta sa mère.

Anna se répéta mentalement les mots qu'elle venait d'entendre, persuadée qu'ils avaient un sens autre que leur sens habituel. Elle avait mal à la tête, mal à la gorge, et pensait qu'elle « couvait quelque chose », comme n'aurait pas manqué de le diagnostiquer Mamie. Cela expliquerait son incapacité à s'intéresser au récit que Betty, maintenant, faisait à ses parents.

– Je vous l'ai déjà raconté... J'ai surpris, l'autre jour, à la sortie du Couvent, Mère Marie-Ange qui faisait une scène à Anna... devant tout le monde... pour une histoire de manteau boutonné de travers... Or c'était de tout autre chose qu'il était question. Elle lui reprochait d'être ta fille, Serge...

Anna avait l'impression de rêver. Chaque phrase lui arrivait séparée de son contexte, déformée. Il lui semblait que Betty parlait trop fort et trop rapidement.

– Je voudrais... commença Anna.

Personne ne faisait attention à elle, elle se tut, découragée. Elle regarda alors Betty qui gesticulait sur sa balancelle, puis son père qui marchait de long en large dans le bureau. Sa mère ne bougeait pas mais jouait avec ses bagues qui brillaient d'une étrange façon.

Anna les trouvait tous les trois si agités qu'elle en avait le tournis. L'envie lui vint de regagner au plus vite son lit et le silence de sa chambre. Elle toussa pour leur rappeler sa présence.

– Je ne me sens pas bien, dit-elle.

– On le serait à moins. Passer trois mois dans le repaire de...

– Chut !

Deux mains se posèrent sur ses épaules. Son père se tenait devant elle et la fixait sans sourire.

– La France est plus que jamais divisée... commença-t-il d'une voix sèche.

« Encore la politique », pensa Anna, résignée. Quelques mots qu'elle avait l'habitude d'entendre résonnèrent à ses oreilles : extrême droite, général de Gaulle, guerre d'Algérie... C'était si ennuyeux qu'elle sentait ses yeux se fermer.

– Tu m'écoutes ? dit son père. Je suis en train de t'expliquer que nous avons commis une erreur en te mettant au Couvent et que tu n'y retourneras plus. En janvier, après les vacances de Noël, nous t'inscrirons dans une autre école et tout ira très bien.

Les mots retrouvaient tout leur sens et Anna, enfin, comprenait. Elle entrevit un monde horrible, un monde d'où Fanou, pour toujours, serait exclue. Elle poussa un cri et tenta de s'accrocher aux jambes de son père.

– Fanou... dit-elle, avant de glisser, doucement, sur le tapis.

Au gré du vent

Le boulevard Edgar-Quinet était vide en ce début d'après-midi du mois de mars.

Il ne faisait pas beau, il ne faisait pas froid. Un ciel à peine gris et un vent léger conféraient à ce dimanche un caractère anodin.

Marie allait son chemin, les mains enfoncées dans les poches d'un imperméable rouge à capuche. De longues mèches de cheveux blonds et raides lui cachaient en partie le visage, sans qu'elle songeât à les repousser.

Elle venait de déjeuner avec un homme qui était son mari et qu'elle avait quitté depuis presque un an.

Il lui avait demandé, une fois de plus, pourquoi elle était partie, et pourquoi elle ne voulait pas revenir.

Marie n'avait pas de réponse à donner. Elle répétait obstinément « qu'elle ne savait pas ».

« Tu fais ton obtuse », lui avait-il reproché.

Mais Marie disait la vérité. Plus les semaines s'écoulaient, moins elle comprenait ce qui leur était arrivé, à elle, à lui et au garçon avec qui elle vivait maintenant dans un deux-pièces près de la place de la République.

Son histoire, pensait-elle avec regret, n'était pas originale. Encore adolescente, elle était tombée amoureuse de Jean-François, un journaliste de quinze ans son aîné.

Il l'avait épousée. Puis ils avaient voyagé de par le monde et avaient même commencé à acheter une petite maison, au fond d'une allée, près du parc Montsouris.

Marie soupira : « Il avait raison tout à l'heure, nous étions heureux. »

Un coup de klaxon la fit sursauter.

Elle accéléra le pas.

L'autre attendait, sans doute inquiet comme chaque fois qu'elle voyait son mari. Il devait regarder la télévision en fumant des cigarettes. Ou bien il préparait un plat compliqué, car il avait invité des amis à dîner.

Elle se rappela alors, avec ennui, qu'elle avait promis de s'occuper de tout, qu'il n'y avait rien dans le réfrigérateur et qu'elle cuisinait très mal.

Trois coups de klaxon, plus appuyés ceux-là, augmentèrent son irritation. Non seulement ce dimanche lui paraissait morne et sans espoir, mais un crétin, dans une 4L rouge, faisait l'intéressant en la suivant.

Le mur du cimetière Montparnasse lui parut désolant.

Désolante aussi son histoire.

« Nous vivions heureux. Pourquoi Gilles est-il intervenu ? »

Pourtant, elle aimait se rappeler ce mois de juin 1969 où elle se trouvait à Rome avec son mari, Jean-François, et où elle avait fait la connaissance de Gilles.

C'était à la terrasse d'un café, Piazza Navona. Gilles y mangeait une glace à la pistache en lisant un ouvrage politique sur l'Amérique latine. Il était grand, maigre, sombre, mystérieux. Il avait le même âge que Marie : vingt et un ans.

Une amie commune les présenta.

Jean-François revenait de Bolivie où il avait fait un reportage sur les maquis. Il s'en expliqua longuement pendant que Marie, indifférente à cette partie du monde, avait fermé les yeux pour mieux savourer la douceur de cette fin de journée. Elle ne suivait pas la discussion, mais remarqua que l'inconnu avait une jolie voix.

Le lendemain, ils se retrouvèrent dans le même café, puis ils dînèrent ensemble. Intrigué par le silence de Marie, Gilles lui demanda si elle aussi s'intéressait à la Bolivie. Elle le trouvait séduisant, elle mentit, elle affirma que oui. Elle mentit plus gravement encore quand Gilles, racontant sa passion pour les échecs, lui proposa de lui apprendre à jouer. Elle les avait en horreur : elle accepta avec enthousiasme.

Il lui donna plusieurs leçons, toujours en fin d'après-midi, dans le café de la Piazza Navona. Marie n'écoutait rien, déplaçait les pièces au hasard et constatait avec ravissement que Gilles paraissait prendre de plus en plus de plaisir à sa compagnie.

Un soir, alors qu'ils s'apprêtaient à entrer dans le restaurant où les attendait Jean-François, il l'enlaça et l'embrassa longuement sur la bouche. Marie en éprouva un immense plaisir. Elle ne le jugea pas hypocrite ou présomptueux, elle aima son audace.

Gilles et Marie cherchèrent alors toutes les occasions pour se retrouver seuls. Ils s'étreignaient au bord des fontaines et sur les marches des églises. Les remarques indignées des passants les enchantaient. « Vergogna, vergogna », entendaient-ils.

Ils se sentaient un peu coupables envers Jean-François, mais s'en arrangeaient. Jean-François, en effet, avait dû partir pour le nord de l'Italie où des ouvriers en grève paralysaient une région. Marie se promit de tout lui avouer à son retour et, en attendant, trahison pour trahison, elle fit, sans plus hésiter, l'amour avec Gilles.

Un nouveau coup de klaxon lui fit serrer les poings de rage.

Sur sa gauche, la 4L rouge la suivait toujours. Elle se mit à haïr l'homme qui la conduisait. Avec son insistance, il était en train de lui gâcher ses meilleurs souvenirs.

Ce qui s'était passé ensuite, ses vacances romaines terminées, elle n'aimait pas y penser.

Ce furent des mois de souffrance, de larmes et d'hésitations. Un jour, il lui avait fallu choisir. Elle avait fini par s'y résoudre, fatiguée par les tentatives de suicide de l'un et l'attente silencieuse – mais ô combien réprobatrice – de l'autre.

L'amant l'emporta sur le mari.

Elle n'avait pas joué leur sort à pile ou face, mais elle s'était déterminée de façon tout aussi arbitraire. Cela, elle ne l'avait confié ni à l'un ni à l'autre.

La 4L rouge freina, un homme ouvrit la portière et, d'un bond, fut près d'elle. Marie eut peur et cria.

L'homme éclata de rire.

– Marie, tu es plus folle que jamais!

– Yves!

Marie avait encore des réactions enfantines qui faisaient l'essentiel de son charme. Elle se pendit au cou de l'homme en frottant son visage contre son visage à lui et répéta avec ravissement :

– Yves! Oh, Yves!

Le nommé Yves se débattait comme il le pouvait; les cheveux blonds de Marie lui entraient dans la bouche. Il étouffait.

– Lâche-moi, veux-tu!

Marie l'étreignit avec plus de violence encore. Yves réussit à la saisir par les épaules et à la détacher de lui. Il la maintenait solidement à bout de bras. Elle cessa de se débattre et le regarda avec curiosité.

– Tu as mauvaise mine, dit-elle.

Yves allait lui répondre, quand des coups de klaxon furieux les firent se retourner : la 4L gênait la circulation et les automobilistes protestaient.

– Attends-moi là, je vais me garer.

Elle le suivit des yeux.

Yves était grand et musclé. Il portait, ce jour-là, comme dans le souvenir qu'elle gardait de lui, un vieux jean et un blouson d'aviateur en cuir. Il avait des cheveux noirs coupés très court, il n'était pas rasé.

Ce n'était pas vraiment un bel homme, mais il avait quelque chose de sauvage et d'abîmé qui plaisait beaucoup. Marie l'avait rencontré en mai 1968, alors qu'elle accompagnait son mari qui filmait les manifestations pour le compte d'une télévision étrangère.

Yves était cameraman et faisait partie d'un petit groupe de techniciens de cinéma. Elle s'était liée avec eux et les avait suivis partout, à la Sorbonne comme sur les barricades.

– J'ai fait vite, pas vrai ?

A nouveau, Yves était à ses côtés. Il lui prit familièrement le bras.

– Je t'invite à boire un verre. Tu as cinq minutes ?

Marie lui sourit. Yves poursuivit :

– Qu'est-ce que tu es comme il faut ! Tu ne te retournes jamais quand quelqu'un te klaxonne ?

– Je ne t'avais pas reconnu...

– J'avais compris. Je me suis beaucoup amusé à te suivre.

Il lui effleura la joue du doigt.

– Tu faisais une tête sinistre. C'était pour me décourager, ou parce que tu as des soucis ?

– Les deux, mon capitaine !

Yves voulut rire, mais il eut une quinte de toux.

– Il faut absolument que je boive un verre d'alcool, il n'y a que ça pour me remettre d'aplomb.

Marie le regarda avec curiosité. Il expliqua sans aucune gêne :

– J'ai passé la nuit à boire... Je ne suis pas très frais...

Il parlait avec une voix cassée qui avait toujours été la sienne.

« Une voix de fumeur », pensa Marie.

– Cet endroit fera l'affaire ! dit-il en lui désignant un café-tabac, boulevard Raspail.

Il la fit entrer et se dirigea vers la caisse.

– Tu veux des cigarettes ?

– Merci, j'en ai encore.

Yves acheta deux paquets de gitanes sans filtre et rejoignit Marie qui l'attendait, debout, au milieu des tables.

– Là-bas, au fond, c'est plus tranquille...

Elle se laissa guider vers l'arrière-salle du café. Il lui montra la banquette.

– Assieds-toi là, tu seras mieux.

Elle obéit. Il prit une chaise et s'installa en face d'elle.

– Comme ça je te vois. Alors, Marie, comment va ta vie?

La jeune femme soupira.

– Justement, je ne sais pas.

Yves la regarda avec un mélange de sympathie et d'ironie.

Il ouvrit le paquet de gitanes et en proposa une à Marie qui accepta. Il fit craquer une allumette.

– Et toi, comment ça va? demanda Marie à son tour.

Yves aspira une bonne quantité de fumée, fit une grimace.

– Il faut absolument que je boive quelque chose.

Un serveur passait, un balai à la main.

– Un kir. Et pour toi, Marie?

La jeune femme hésitait.

– Un café? Un chocolat? Un jus d'orange?

Marie ne se décidait pas. Il choisit pour elle.

– Un kir aussi pour mademoiselle.

– A cette heure-ci, tu crois?

– Je crois, affirma-t-il, ça te fera le plus grand bien.

– Qu'est-ce qu'on disait?

Marie ne se souvenait plus. Elle se redressa et enleva son imperméable rouge. Elle portait un pantalon de velours violet et un gros chandail blanc à col roulé.

Yves l'examina attentivement.

– Tu as maigri.

Il plaisanta :

– Où sont passées tes rondeurs? Il te nourrit mal, ton amant?

Marie sursauta.

– Tu es au courant?

– Tout le monde est au courant. Vous n'avez pas été très discrets...

– C'est la faute de Jean-François... Il...

Le serveur déposa sur la table les deux verres de kir. Ils trinquèrent.

– A tes bonnes joues, proposa Yves.

Marie écarquilla les yeux, étonnée.

– Avec les copains, c'est ce qu'on aimait le mieux chez toi, tes joues et tes pommettes. Ton joli teint aussi.

Il vit qu'elle s'inquiétait.

– Mais rassure-toi, tu as toujours l'air d'avoir grandi dans les montagnes!

Il se pencha de façon à apercevoir son reflet dans un miroir.

– Tandis que moi, pas rasé, bouffi, des cernes...

Marie lui jeta un regard sévère.

– C'est vrai, ça te vieillit.

– Merci.

Il avala son verre d'un trait et fit signe à Marie de l'imiter. Docile, elle s'exécuta. Il appela le serveur.

– Deux autres kirs!

Marie sentait une agréable chaleur l'envahir. Elle trouvait son compagnon très charmant et désirait en apprendre davantage.

– Alors, comme ça, tu as bu?

Yves leva les yeux au ciel.

– Ne prends pas cet air de maîtresse d'école, boire est une occupation comme une autre.

Après cette phrase, il se tut et la regarda avec une insolente tranquillité. Marie faisait des efforts pour comprendre, cela se voyait à ses sourcils froncés, à sa façon rapide de fumer. Elle se risqua.

– Tu as des problèmes?

– Moi? Des problèmes? Toujours.

Il rit joyeusement. Marie soudain le considéra avec respect.

– Dans ton métier?

– J'ai enchaîné plusieurs films publicitaires sans grand intérêt. Ça va très bien pour moi, je gagne beaucoup d'argent.

Le serveur déposa deux verres de kir. Yves prit le sien et tendit l'autre à Marie.

– Je croyais que tu ne voulais plus faire ce genre de travail ?

– Et que ferais-je d'autre ?

Elle insista.

– Rappelle-toi, vous vouliez constituer une cellule de cinéma autonome, tourner des actualités libres...

– « Constituer une cellule de cinéma autonome, tourner des actualités libres... », comme tu y vas, camarade ! C'était en 1968, trois ans se sont écoulés depuis.

– Mais d'autres ont continué, qui...

– ... qui laisseront tomber à leur tour. Et très vite, crois-moi.

Marie se tut, déçue. Elle se souvenait de l'enthousiasme d'Yves et de ses compagnons, de celui de Jean-François et du sien. Elle se sentit triste, but quelques gorgées de kir et, comme son ami ne disait rien, reprit la parole.

– Et Sally ?

– Sally ?

– Oui, ta fiancée américaine, une belle fille rousse, pleine de taches de rousseur, qui disait quand elle manifestait avec nous : « It's a wonderful way of life ! »

– Elle disait ça ? Pauvre Sally...

– Pourquoi, « pauvre Sally » ?

Yves avala la moitié de son verre, alluma une nouvelle cigarette.

– Sally, dit-il avec malice, est repartie la semaine dernière à Newport se refaire une santé.

– New York ?

– Non, Newport, Rhode Island. Elle est originaire de Boston. Famille aisée, manoir façon normande... A la belle saison, elle fera de la voile... Les régates la changeront de moi...

Marie se mordit la langue pour ne pas lui poser de nouvelles questions. Yves s'en rendit compte et prit, à dessein, un air sombre. Il baissa la voix, comme si les paroles qu'il prononçait lui devenaient trop douloureuses.

– Je suis une catastrophe pour une femme qui m'aime... J'ai fait le malheur de Sally comme j'ai fait auparavant celui de Brigitte. Tu l'as connue ?

– Non.

– Pauvre Brigitte...

Marie s'énervait.

– « Pauvre Sally », « pauvre Brigitte », tu te noircis exprès pour te rendre intéressant.

Yves lui sourit, bon joueur.

– Tu as raison. Je suis beaucoup mieux que j'en ai l'air, toutes les femmes qui ont partagé ma vie te le confirmeront. Seulement, je bois, et elles se mettent toutes à boire avec moi. Sally, par exemple, passe ses nuits à vider des bouteilles de whisky... Tu te rends compte, une jeune fille élevée dans la meilleure société... Il était grand temps qu'elle retourne chez elle. Tu veux un autre kir ?

Marie secoua ses mèches blondes avec enthousiasme. Elle était émue par ce qu'elle venait d'entendre. Elle souhaita lui venir en aide, et ce projet donna tout à coup un sens heureux à son dimanche.

– Quel âge as-tu ? demanda-t-elle avec gravité.

– Trente-quatre ans, et toi ?

– Vingt-trois ans.

– Tu es toute petite encore !

Marie eut un geste autoritaire pour lui signifier qu'il n'allait pas être question d'elle mais de lui.

Elle se recueillit un bref instant et dit en le regardant droit dans les yeux :

– A plus de trente ans, tu te conduis comme un gamin. C'est maintenant qu'il faut te ressaisir, sinon tu atteindras la quarantaine et ce sera trop tard. Ta vie se sera écoulée dans un laisser-aller honteux !

Elle lui prit les mains avec ferveur.

– Crois-moi, Yves, tu es quelqu'un de si formidable, de si merveilleux... Tu devrais avoir une fiancée plus équilibrée que cette Sally... Tu devrais tourner uniquement des films auxquels tu crois... Tu devrais cesser de boire...

Le serveur, indifférent, prenait les verres vides et déposait sur leur table les verres pleins.

Marie prit le sien avec avidité, en but une gorgée.

– Crois-moi, Yves, c'est du gâchis. Tu devrais...

Yves, délicatement, lui enleva le verre des mains.

– Je devrais surtout t'empêcher de boire, oui, voilà ce que je devrais faire.

Marie, troublée par cette interruption, chercha où elle en était de son discours. Elle sentait monter en elle une excitation qu'elle n'attribuait pas à l'alcool, mais à l'urgence qu'il y avait à ramener son ami Yves dans ce qu'elle imaginait un plus juste chemin.

Yves s'était renversé sur sa chaise. Les propos de la jeune femme le touchaient plus qu'il ne voulait l'admettre.

Il choisit d'en convenir.

– Mettons que tu aies en partie raison...

Marie triompha.

– Ah! Tu vois!

– ... En partie. Parce que tu sembles croire qu'on est différent à trente ans...

Marie prit une gitane.

– Il faut changer à trente ans, dit-elle avec sérieux.

Yves haussa les épaules.

– Tu dis ça du haut de tes vingt-trois ans. Je parie qu'à trente ans, tu feras autant de bêtises que maintenant.

Elle voulut argumenter, il la fit taire en lui rendant son verre de kir. Il poursuivit :

– On ne se transforme pas de façon magique, le jour de son anniversaire.

Il rit.

– Moi, je ne me suis en rien transformé. Quant à toi, comment te vois-tu à trente ans ?

Elle rit à son tour.

– Je ne me vois pas. Mais j'ai sept ans devant moi. Tandis que toi...

Il alluma une cigarette au mégot de la précédente, toussa et conclut :

– Je vais te dire, Marie : je ne me trouve pas si mal comme je suis, et je n'ai aucune envie de changer. Tu verras, on s'habitue...

Marie, déconcertée, ne savait quoi répondre. Elle but lentement quelques gorgées de kir, les yeux fermés, le visage à demi penché.

Elle cherchait en elle-même le pourquoi de leur discussion et, ne le trouvant pas, y renonça. Elle repensa alors à son mari. Il l'avait interrogée sur ses intentions et elle n'avait pas su les lui dire. Les connaissait-elle, au moins ? Elle avait dû admettre qu'elle vivait au jour le jour, sans programme, dans une semi-oisiveté dont elle ne voyait pas la fin. Jean-François, lui, savait toujours ce qu'il convenait de faire. La télévision lui imposait des sujets de reportage qu'il s'arrangeait pour traiter de façon personnelle. Ainsi était-il, lui aussi, comme Yves l'était à sa façon, en accord avec lui-même.

– Et Gilles ? demanda Yves.

– Lui aussi.

– Lui aussi quoi ?

Marie ouvrit les yeux. Devant elle se trouvait un nouveau verre de kir. Elle ne se souvenait pas d'avoir terminé le précédent, mais elle entama celui-ci avec plaisir.

– Qu'est-ce qu'on disait ?

– Je t'ai demandé : « Et Gilles ? », c'est pas comme ça qu'il s'appelle ?

– Mais si.

– Et tu m'as répondu : « Lui aussi. » Je n'ai pas compris.

Marie éclata de rire.

– J'ai perdu le fil de mes pensées.

Yves lui tendit une cigarette déjà allumée. Elle la prit et la laissa tomber sur la banquette. Il la ramassa et l'éteignit.

– Et Gilles ? insista-t-il. Comment va-t-il ? Que fait-il ?

– Il m'attend à la maison, il ne fait rien de spécial

– Rien de spécial à part la morale à tout le monde... Est-ce qu'il tient toujours des discours révolutionnaires ?

Marie le menaça du doigt.

– Toi, tu ne l'aimes pas, dit-elle gaiement.

– Je ne l'ai vu qu'une fois, à une réunion de quartier. Je le trouve insupportable. Je ne vois pas ce qu'une fille comme toi fait avec un type comme lui.

Marie se passa la main dans les cheveux. Elle se sentit rougir et préféra changer de sujet.

– C'est très alcoolisé le kir!

Yves confirma.

– Très! Et tu ferais bien d'arrêter de boire.

Elle fit une moue, lui prit une cigarette. Il la regarda avec tendresse.

– Voilà ce que je te propose. On sort d'ici et on va au cinéma. Ensuite je t'invite à dîner. Ensuite on passe dire bonsoir à Armand et Jean-Claude qui seront ravis de te revoir. Ensuite on verra... Est-ce que mon programme te convient?

Le visage de Marie s'illumina.

– Oh oui, j'ai même un *Pariscope* dans mon sac!

Elle attrapa son verre et porta un toast.

– A notre soirée!

Yves s'était levé et cherchait la monnaie dans la poche de son jean. Il vit Marie se rembrunir.

– Qu'est-ce qui ne va pas?

Marie semblait désolée.

– Ce n'est pas possible, dit-elle d'une toute petite voix. J'ai dit à Gilles que je rentrerai dans l'après-midi, et que je préparerai le dîner. Il a invité un couple d'amis à lui... des anarchistes de Milan...

Yves eut un mouvement d'impatience.

– Aucune importance. Je t'ai déjà dit que tu n'avais rien à faire avec ce type.

Il lui tendit son imperméable rouge.

– Allez, viens.

Marie s'enfonça davantage sur la banquette.

– Je ne peux pas faire ça, dit-elle.

Yves jeta de l'argent sur la table.

– Comme tu veux, moi, je m'en vais.

Il s'éloigna d'un pas vif. Elle l'appela. Il se retourna et la vit à demi dressée, qui agitait les bras. Elle était écarlate, avec des mèches de cheveux sur les yeux et une expression de douleur enfantine autour de la bouche. Il la trouva ravissante et pitoyable. Il revint vers elle.

– Allons-nous-en, dit-il pour la deuxième fois.

Elle l'agrippa par la manche de son blouson et le fit asseoir sur la banquette.

– Buvons encore du kir, dit-elle timidement.

– Comme tu veux.

Yves passa la commande et alluma une cigarette.

– Donne-moi une bouffée.

Elle aspira de travers, s'étrangla. Yves lui tapa dans le dos et sortit, exaspéré, son mouchoir. Puis il se détourna, insensible à ses larmes et à ses reniflements.

A une table voisine, une bande de jeunes – l'âge de Marie – buvait des chocolats chauds en parlant d'un film suisse. Marie se souvint de l'avoir vu et aimé. Elle chercha, sans y parvenir, le nom de l'actrice. C'était une blonde, menue, qui retroussait continuellement les manches de son pull-over noir. Ce détail l'avait particulièrement frappée et elle avait été surprise de constater que Gilles ne l'avait pas remarqué. Gilles, à son avis, ne s'intéressait pas assez au cinéma.

Un garçon mit une pièce dans le juke-box, et la voix de Janis Joplin s'éleva dans le café. Marie se mit à chantonner les premières paroles de *Me and Bobby Mc Gee* et termina son verre de kir. La tête lui tournait, et elle se réjouissait de la présence d'Yves à ses côtés.

Elle se laissa aller contre lui, molle, abandonnée.

– Écoute, Marie, on ne va pas passer la journée à se soûler dans ce café sinistre!

Elle se redressa aussitôt, indignée.

– Qui parle de se soûler? On boit un verre, rien de plus. On ne fait de mal à personne.

– Ça c'est bien vrai, approuva Yves avec regret, on ne fait de mal à personne...

Il allongea les jambes, s'étira.

– Tu ne m'as pas dit ce que tu fais en ce moment, à part « boire un verre, rien de plus... ».

Une ombre de contrariété passa sur le visage de Marie.

– Rien, dit-elle.

– Rien ?

– Rien.

– Et que veux-tu faire ?

– Je ne sais pas.

– Enfin, Marie, tu as bien une idée ? Tu as vingt-trois ans !

Marie but dans le verre de son compagnon.

– C'est vraiment bon, le kir. Je ne connaissais pas avant aujourd'hui. C'est fait avec quoi ?

– Du vin blanc et du cassis. Mais ne fais pas ta mauvaise tête et réponds-moi.

Marie sourit avec nostalgie.

– Tu me parles comme Jean-François. Il me dit toujours : « Ne fais pas ton obtuse, s'il te plaît, Marie. »

– Il a raison.

Yves lui passa la main sur le front de façon à le dégager, et patiemment :

– Quand je t'ai connue, tu venais de renoncer à une licence de lettres, et tu hésitais entre le montage, la photo et le théâtre.

Marie soupira.

– C'est Jean-François qui voulait que je fasse du montage ou de la photo. Comme ça, j'étais sa collaboratrice, et il m'avait à ses côtés. Tu comprends ?

– Et ça t'intéressait ?

– Pas vraiment.

Elle réfléchit :

– Quoique, en mai 68, tout m'intéressât... Maintenant, je ne sais pas. Je pose de temps en temps pour des photographes de mode. Gilles trouve ça bien, parce que c'est vraiment un métier idiot, et qu'on y gagne en quelques heures de quoi vivre un mois.

– Et toi ?

– Moi quoi ?

– Qu'est-ce que tu en penses, toi ?

– Des photos ?

– Oui, de « ce métier idiot où on gagne en quelques heures de quoi vivre un mois » ?

– Je ne sais pas. Ça ne m'ennuie pas, mais ça ne m'intéresse pas non plus. Pourquoi me poses-tu toutes ces questions ?

– Mettons que je me soucie de toi.

Marie bâilla et laissa à nouveau glisser sa tête sur l'épaule d'Yves. Un engourdissement l'envahissait, contre lequel elle ne tentait pas de lutter.

– Tu as sommeil ? lui demanda-t-il avec sollicitude.

Elle marmonna quelque chose qui ressemblait à une approbation.

– C'est rien, dit-il, c'est l'alcool.

Marie se serra davantage contre lui.

– J'adore le kir, demande-lui un autre kir.

– Non, je vais te raccompagner chez toi et tu vas dormir. Ton amant se débrouillera tout seul avec ses Milanais et son dîner...

– Oh non, je ne veux pas rentrer chez moi maintenant !

Elle bafouilla.

– Je suis si bien ici, avec toi.

Yves hésita un court instant, elle en profita.

– En mai 1968, tu sais, quand j'étais avec toi, et Armand, et... comment il s'appelle ton ami ingénieur du son ?

– Jean-Claude.

– Jean-Claude, c'est ça... Eh bien, celui que je préférais, c'était toi...

Elle prit un ton boudeur.

– Tu ne faisais absolument pas attention à moi, tu n'en avais que pour cette grande bringue... la rousse... de Boston...

– Sally ?

– Sally, parfaitement ! Tu avoues ! Moi, tu ne me voyais pas, je n'existais pas !

Yves ne put s'empêcher de rire. Il expliqua :

– Mais si, je te voyais, tu étais beaucoup trop mignonne pour passer inaperçue. Je te rappellerai juste que nous avions alors d'autres choses à faire que de traîner dans les cafés. Et puis tu étais mariée à Jean-François, et moi je venais de rencontrer Sally. Nous n'étions pas libres, voilà tout.

Il rit à nouveau et commanda deux verres de kir. Marie s'était redressée et bâillait bruyamment.

Yves fit semblant de se boucher les oreilles.

– De quoi est-ce qu'on parle ? demanda-t-elle.

– De nous, Marie, de nous. Tu me reprochais de ne pas t'avoir draguée il y a trois ans.

– J'ai dit ça, moi ?

– En gros, oui.

– Mais je n'aurais jamais trahi Jean-François!

Il s'impatienta.

– Tu l'as bien fait avec ce militant idiot!

– Pauvre Gilles, pourquoi tu le traites d'idiot ?

– Parce qu'il en est un. Que fait-il d'ailleurs ?

– Rien. Il trouve que travailler c'est se faire exploiter. Et puis il m'aime, figure-toi. Et ça lui semble une raison suffisante pour vivre.

Elle se tut quelques secondes, puis, se tournant vers Yves, elle lui demanda avec une brutalité qui le fit sursauter :

– Tu doutes que je sois une raison suffisante pour vivre, n'est-ce pas ?

– Non, Marie.

– Eh bien, moi, je sais que je ne suis en aucune façon une raison suffisante pour vivre.

Le serveur qui jusqu'alors s'était occupé d'eux avait été remplacé par un autre, plus jeune, d'origine italienne. Il déposa les deux verres de kir en chantonnant. Marie lui adressa un sourire radieux et changea complètement de ton.

– *Mi piace tanto Italia!* lui dit-elle.

Yves prit les mains de Marie dans les siennes. Il paraissait fatigué, les cernes sous les yeux s'étaient agrandis, et deux rides creusaient son front. Marie s'en aperçut, fut émue.

– Je t'aime vraiment beaucoup, Yves.

– Eh bien, viens avec moi. Je suis seul. Sally m'a quitté, et toi tu t'es embarquée dans une histoire qui ne mène nulle part...

Il lui baisa les mains et ajouta d'un ton moqueur :

– Avec moi, au moins, tu es sûre d'aller nulle part... Tandis qu'avec l'autre crétin, tu crois aller quelque part...

– Je ne peux faire ça, je te l'ai déjà dit.

– Téléphone-lui, dis-lui que tu ne rentres pas.

– Je ne peux pas.

– Pourquoi ?

– Je ne sais pas, mais je ne peux pas.

Elle se prit la tête à deux mains et gémit.

– J'ai mal au cœur, si mal...

Yves se leva.

– Je te ramène, dit-il sèchement.

Elle supplia.

– Pas tout de suite... Je ne me sens pas bien...

Yves l'examinait avec des sentiments mitigés. Il avait envie de l'abandonner, de poursuivre seul sa dérive. Mais il la désirait. L'amitié qu'il avait toujours ressentie pour elle demeurait intacte : il ne se sentait pas le droit de disparaître.

Il allait lui proposer d'appeler un taxi quand il la vit avaler d'une traite le contenu de son verre.

– A la russe, le kir !

Elle fit mine de jeter le verre par-dessus son épaule, mais une douleur subite lui arracha un cri.

– Oh, ma tête !

– Tu devrais aller aux lavabos et te passer de l'eau sur le visage.

– Tu vas en profiter pour te sauver !

– Mais non, Marie, je t'attendrai.

– Je ne te crois pas.

Il soupira, excédé.

– Bien, je t'accompagne jusqu'à la porte, si ça te rassure.

Il lui proposa son bras.

– Je peux très bien marcher toute seule!

Elle le put, en effet, et se dirigea, très droite, vers les lavabos des dames.

Le café était rempli d'une nouvelle vague de consommateurs. Des habitués, qui venaient prendre l'apéritif avant de rentrer dîner chez eux. La nuit était tombée, une nuit d'hiver froide et humide. Il avait plu. Une adolescente, des livres de classe sous le bras, écoutait, appuyée au juke-box, une chanson de John Lennon. Le patron, derrière son comptoir, avait remonté le son de la radio et attendait les résultats du tiercé.

Yves observait ce qui se passait autour de lui. Il commençait à être ivre et ne se sentait plus très loin de cet état d'indifférence qu'il recherchait, désespérément, depuis quelques jours.

Marie ne revenait pas. Il décida d'aller la rejoindre. Il poussa, sans hésiter, la porte des toilettes et la vit : elle était assise par terre, contre un radiateur, un sourire béat aux lèvres.

– Je suis un peu soûle, dit-elle.

– Tu ne dois pas rester ici.

– Je ne peux pas me lever.

Il lui tendit la main.

– Tu en fais une tête, murmura-t-elle, au bord du fou rire.

Yves se regarda dans la glace. Il avait l'air épuisé tandis que Marie, curieusement, conservait toute sa fraîcheur.

– Passe-toi de l'eau sur le visage, dit-il.

– Passe-la-moi, toi.

Yves mouilla son mouchoir et le posa sur le front de Marie. Elle avait fermé les yeux et se laissait faire, ravie, à demi affalée sur le lavabo.

– La nuque, maintenant.

Il souleva les longs cheveux, écarta le col roulé et fit ce

qu'elle demandait. Il avait envie de l'embrasser. Ce fut elle qui brusquement lui colla un baiser rapide sur les lèvres.

– Je me sens beaucoup mieux, dit-elle d'une voix mal assurée.

Une dame entra, les obligeant à quitter les lieux.

Marie avançait, agrippée au blouson de cuir. Elle ne réalisait pas que son compagnon avait passé un bras autour de sa taille et la soutenait.

– J'ai envie d'un kir, murmura-t-elle.

Yves prit un ton sévère.

– Pas question, un café, c'est tout ce que tu auras.

Marie, furieuse, tapa du pied et perdit à moitié l'équilibre. Il l'aida à se remettre d'aplomb. Elle s'entêta.

– Un kir, je veux un kir, sinon je sais que je serai malade.

Devant tant de mauvaise foi, Yves renonça à discuter. Ils retournèrent s'asseoir à la même table. L'imperméable rouge s'y trouvait toujours, roulé en boule sur la banquette.

Marie s'y laissa tomber avec soulagement et attendit qu'on leur serve à boire. La première gorgée lui donna aussitôt mal au cœur. Elle chercha à le cacher et se mit à parler avec une volubilité qu'Yves ne lui connaissait pas.

Elle lui expliqua que Gilles était mieux qu'il ne semblait le croire, que Jean-François était moins méritant qu'on le disait. Elle s'embrouillait, mélangeait les prénoms, les dates et les appartements.

L'horloge, au-dessus de la porte des lavabos, indiquait neuf heures. Yves en fit la remarque à haute voix. Marie eut une quinte de toux et renversa le contenu de son verre.

– Mon Dieu, j'avais dit que je rentrerais à quatre heures, au plus tard.

Yves ne put s'empêcher de sourire.

– C'est raté, dit-il simplement.

Marie, repliée sur la banquette, pleurait comme une enfant. Yves, maintenant, en avait assez.

– Je te ramène.

Il l'aida à se mettre debout.

– Cesse de pleurnicher.

Elle cessa aussitôt de pleurer, mais se lamenta de plus belle.

– Ça tourne, ça tourne !

Yves la tenait dans ses bras, perplexe. Lui-même avait du mal à garder son équilibre. Il prit le sac et l'imperméable qu'elle avait oubliés sur la banquette.

– Tu vas boire un café, dit-il.

Il la soutint jusqu'au comptoir et la coinça entre le zinc et un poteau. Puis il commanda un express serré et le lui fit boire. Marie ne protesta pas. Elle avait mal à la tête, des nausées, et sentait son cœur battre excessivement vite.

Le miroir lui renvoya son image : elle était blafarde, de la sueur perlait sous sa frange. Elle vit encore Yves, contre elle, qui la dominait de toute sa taille. Elle se sentit alors en sécurité.

– Merci, murmura-t-elle dans un souffle.

– Tu veux toujours rentrer chez toi ?

Elle eut un pâle sourire.

– Qu'est-ce que tu veux que je fasse ?

– Je ne sais pas, mais ce que je sais, c'est que ça va mal se passer.

Il fit le clown.

– « C'est à cette heure-là que tu rentres ? Et dans quel état ? Horreur, ma fiancée est ivre morte ! »

Elle rit.

– Oh ! Ce sera pire que ça !

Yves rit à son tour. Il lui désigna leur image dans le miroir.

– Regarde-nous. Nous seuls pouvons nous supporter dans l'état où nous sommes. Alors, tu veux toujours y aller ?

– Oui.

– Tu as tort, mais comme je suis aussi bon joueur qu'ivrogne, je te raccompagne.

Ils sortirent du café. Ils se tenaient enlacés et marchaient en zigzaguant. Yves mit un certain temps à repérer sa voiture. L'ayant trouvée, il dut lâcher Marie qui s'affala dans le caniveau. Elle essaya de se relever en s'appuyant à l'arrière de ce qu'elle pensait être une puissante moto. C'était un solex. Elle retomba et entraîna l'engin dans sa chute. Cette fois-ci, elle se cogna le menton contre une roue, mais au lieu de pleurer, elle éclata de rire. Yves, qui était déjà installé au volant de sa voiture, en sortit précipitamment.

Il considéra un moment Marie, étalée sur le trottoir, recouverte par le solex.

– Tu es blessée ?

Elle rit de plus belle tout en faisant non de la main. Il l'aida à se dégager. Elle ne tenait plus sur ses jambes. Il la prit dans ses bras et la déposa sur le siège avant de la voiture.

– Tu as de la chance, le solex n'a rien, dit-il.

Il s'assit à ses côtés et lui jeta un regard inquiet.

Marie, la tête renversée, riait toujours. Son visage et ses vêtements étaient maculés de boue. Elle avait égaré une chaussure qu'Yves voulait retrouver. Elle l'en empêcha.

– Laisse... La pantoufle de vair... Le prince charmant... Je vais enfin le rencontrer...

Yves mit le moteur en marche. Marie, d'une voix pâteuse, tentait de lui raconter l'histoire de Cendrillon.

– Garde ça pour Gilles, lui conseilla-t-il, de mauvaise humeur.

Marie, câline, se laissa glisser vers lui. Il la repoussa.

– Ça suffit, maintenant! Tu es insortable.

La jeune femme, à nouveau, fut secouée d'un fou rire.

– C'est ça, ma belle, amuse-toi, ce sera moins drôle tout à l'heure.

Yves conduisait avec prudence. L'alcool qu'il avait bu toute la journée se rajoutait à celui qu'il avait ingurgité la veille. Il pensait à Sally et essayait de calculer l'heure de Newport. Marie s'était calmée et se caressait le menton.

– J'ai dû me faire un bleu, dit-elle.

Yves ne l'écoutait pas. Il demanda :

– 22 moins 6 ?

– Facile. 22 moins 6 égale 16. Pourquoi ?

– Quelque part dans le monde, il est quatre heures de l'après-midi.

Marie haussa les épaules.

– On s'en fiche, dit-elle avec fermeté.

Yves lui sourit. Il garda une main sur le volant et de l'autre il lui caressa la nuque.

– Tu as raison : on s'en fiche.

– N'enlève pas ta main.

Quelques minutes plus tard, Yves garait sa voiture dans une rue tranquille, près de la place de la République.

Marie s'était assoupie. Il la réveilla avec douceur.

– Tu es arrivée, dit-il.

Elle se plaignit.

– J'ai tellement mal à la tête!

Il alluma une cigarette.

– Mais qu'est-ce que tu veux, à la fin ?

– Je ne sais pas.

Il la secoua.

– C'est à quel étage ?

– Au septième.

– Sur la rue ?

– Oui.

Il sortit de la voiture et scruta la façade de l'immeuble.

Au septième étage, il vit trois fenêtres éclairées derrière lesquelles il crut distinguer des silhouettes.

Marie avait tenté de le rejoindre. Penchée sur le capot de la 4L, elle essayait, sans succès, de se redresser.

Elle appela d'une voix mourante :

– Yves!... Je ne plaisante pas... Je ne pourrai jamais monter les escaliers toute seule!... Tu dois m'aider...

Il eut un petit rire triste.

– Tu veux que je te prenne dans mes bras et que je te monte jusqu'au septième étage ?

– Il n'y a pas d'ascenseur!

– Et que je te remette comme un paquet cadeau à ce crétin ?

– Je ne vois pas d'autre solution !

– Je peux l'appeler ? Il descendra te récupérer...

– Ah non ! De quoi j'aurais l'air ?

Il renonça à discuter.

– Eh bien, soit.

Il passa un bras sous ses genoux, un autre sous ses épaules, la souleva et, d'un coup de pied, ouvrit la porte de l'immeuble.

– Sept étages... Quand même, Marie, tu pousses un peu !

Marie, un sourire heureux aux lèvres, ne répondit pas. Elle avait posé son visage sur la poitrine d'Yves et se disait avec ravissement qu'elle adorait son odeur, sa voix cassée et sa force.

Mais, tout athlète qu'il était, Yves, épuisé, dut s'arrêter au cinquième. Il s'assit sur une marche, Marie toujours dans ses bras.

– Comme je suis bien ! lui confia-t-elle avec conviction.

Yves ne se laissa pas attendrir. Il lui expliqua en détachant chaque mot de façon qu'elle le comprenne :

– Oui, tu es bien. Là-haut, tu seras mal. Ton crétin va te faire payer très cher ton ivrognerie. Alors, on redescend ?

– Oh ! Yves !

– On redescend ? répéta-t-il.

Elle secoua la tête.

– Tu le regretteras, dit-il d'un ton sinistre.

Il se redressa et la fit glisser de son épaule. Elle se laissa manipuler, aussi molle qu'une poupée de chiffon.

Arrivés sur le palier du septième, ils entendirent de la musique et des gens qui discutaient. Yves la remit sur pied tout en la gardant serrée contre lui.

– Je reconnais la voix de Gilles, lui dit Marie à l'oreille, il a l'air énervé.

– Et moi, je reconnais les chants italiens de Lotta Continua... Foutu militant... Comme tu vas t'amuser !

Marie et Yves pouffèrent silencieusement. Quelques minutes passèrent sans qu'ils échangent une parole. La minuterie s'était éteinte. Yves embrassait le visage et le cou de son amie.

– Que décides-tu ? chuchota-t-il.

Elle supplia.

– Reste encore un peu.

Il lui pinça le menton avec amitié.

– Pauvre petite fille, tu ne sais vraiment pas ce que tu veux !

Marie approuva.

La minuterie s'était remise en marche, quelqu'un montait l'escalier.

– Je ne vais pas passer la nuit ici, dit Yves en se dégageant.

Il l'appuya contre la rampe.

– Tu tiens debout ?

– A peu près.

– Alors, écoute-bien. Je vais m'en aller...

Elle protesta faiblement.

– ... Je vais m'en aller, et je t'attendrai pendant un quart d'heure dans ma voiture. Un quart d'heure, pas une seconde de plus... Si ça se passe mal, chez toi, tu n'auras qu'à crier et je monterai t'arracher à ce crétin. Je me suis bien fait comprendre ?

Elle voulut parler, il l'en empêcha en déposant un rapide baiser sur les lèvres.

– Et si tu ne viens pas, tant pis. Ce sera pour une prochaine fois.

Puis il disparut, aussi furtif qu'un chat.

Marie se laissa glisser sur le sol.

Le goût du kir lui revenait. Elle avait la certitude qu'elle ne tarderait pas à vomir.

De l'autre côté de la porte s'élevait la voix de Janis Joplin. Gilles, ou un de ses invités, venait de changer le disque. Elle reconnut *Me and Bobby Mc Gee*, chercha où elle avait déjà entendu cette chanson, mais y renonça très vite. Elle pensa à Yves qui l'attendait dans sa 4L rouge et un découragement immense l'envahit. Elle se couvrit le visage de son imperméable et se lamenta :

– Un quart d'heure, comment peut-on se décider en un quart d'heure?... Un quart d'heure... Un quart d'heure...

Eddy

Au 31, rue de Babylone, il y avait un jardin où il la retrouverait à midi.

Monique s'était fait répéter l'adresse plusieurs fois. Elle connaissait cette rue, elle l'empruntait de temps à autre pour se rendre au cinéma La Pagode ou au Bon Marché. Mais si elle se rappelait les jardins des ministères, elle ignorait qu'il y en avait un autre, public celui-là.

Il avait insisté, elle avait cédé.

Ce n'était pas la première fois, ni la dernière.

« Il joue sur du velours », pensa-t-elle en se demandant ce que signifiait au juste cette expression.

Cela l'amusa et balaya l'exaspération que venaient de lui causer ce coup de téléphone inattendu et ce rendez-vous qui l'était tout autant.

Elle était organisée, elle s'organisa.

Elle appela aussitôt sa sœur Colette et la pria d'aller chercher sa fille Poussine à l'école, de la faire goûter et de s'en occuper jusqu'au soir.

Colette, qui adorait sa nièce, en fut enchantée et ne posa aucune question.

Monique lui en fut reconnaissante : il serait toujours temps de lui raconter, plus tard, la journée qu'elle allait passer.

Pour l'instant, elle avait choisi de se taire, certaine qu'elle se comportait exactement comme il le désirait. Ne lui avait-il pas téléphoné à elle plutôt qu'à Colette ? Rassurée sur le sort de sa petite fille, elle donna à manger au chat Toto, se mit du rouge à lèvres et enfila un anorak.

« Nous irons en dehors de Paris, couvre-toi », lui avait-il dit.

« Mystérieusement », aurait plaisanté Guy avec qui elle vivait depuis quatre ans déjà. Monique l'aurait fait taire d'un : « Vous ne le comprendrez jamais. »

« Vous » regroupait Guy, bien sûr, mais surtout Colette, leur mère, et même Poussine, qui du haut de ses six ans le regardait déjà avec condescendance.

Il était onze heures quarante-cinq quand Monique, abandonnant la rue Vaneau, s'engagea dans la rue de Babylone.

C'était une belle matinée de novembre, elle ne se souvenait pas d'en avoir vécu de pareille. L'intensité de la lumière lui fit quitter le trottoir de gauche, exposé en plein soleil, pour celui de droite, à l'ombre.

Le cœur serré, elle regarda les arbres dans leur dernier flamboiement.

Elle songeait à ces branches qui, dans quelques jours, quelques heures, si le vent venait à se lever, seraient nues.

Elle frissonna. Elle n'aimait pas l'hiver, elle ne s'en accommoderait jamais.

Enfant, elle avait longtemps espéré chaque fois que l'été touchait à sa fin, que la régularité des saisons cesserait et que le printemps succéderait à l'automne. C'était l'époque où elle se réveillait tous les samedis avec la certitude que c'était enfin le bon samedi, le samedi comme les samedis d'avant, quand il était là, au parloir, qui l'attendait. Mais si l'hiver arrivait, lui jamais ne revint...

Aujourd'hui, il était là et en avance.

Il ne l'avait pas encore vue et marchait de long en large dans l'allée du jardin, au 31 de la rue de Babylone.

Monique s'arrêta pour mieux le regarder.

Dans une main, il tenait un cartable d'écolier, dans l'autre un bouquet de renoncules.

« Pour moi », pensa Monique. Elle l'appela, courut vers lui. Il lui tendit les fleurs blanches avec un air guindé.

– Tu es fou, je t'avais demandé de ne plus me faire de cadeaux, dit-elle, émue.

Il sourit et la dévisagea.

– Ma petite, tu es une jolie femme, mais quand on se peint les lèvres en rouge, il faut aussi se faire les yeux et se poudrer. Ta mère aurait dû t'enseigner le maquillage. Elle savait y faire à la perfection.

– Écoute, Eddy...

– Chut, silence, ce jour est un grand jour. Faisons le tour de ce jardin que tu ne connais pas, et ensuite je te mettrai au courant. Pour l'instant, fais confiance à ton vieux père.

« Fais confiance à ton vieux père. » Cette phrase se détacha comme écrite en lettres d'imprimerie.

Monique pensa qu'il exagérait. A sa place, Colette s'en serait allée, fâchée, bien décidée à ne plus le revoir, comme l'avait fait leur mère, il y avait une éternité.

Monique lui donnait raison, à cette jolie épouse si souvent trahie, toujours reconquise.

Quand Eddy (qui s'appelait en réalité Daniel mais qui avait choisi de se faire appeler Eddy) quittait les uns après les autres ses emplois, jouait aux courses l'argent prêté par ses beaux-parents et d'un baiser interrompait les timides protestations de sa femme, il n'avait qu'une formule, la même, quelles que soient les circonstances : « Fais-moi confiance. » Elle tint bon longtemps, le défendit avec vaillance face aux siens, aux voisins, à la loi.

Car, au milieu des faillites, des saisies, des déménagements hâtifs dans des appartements toujours plus petits, toujours plus éloignés du VIIe arrondissement, de sa famille à elle, ils s'aimaient.

Colette, l'aînée, se souvenait davantage. Elle racontait à Monique comme leur mère pleurait en cousant à la machine des robes qu'une tante propriétaire d'un magasin de mode lui achetait « pour les aider à vivre ». L'heure du dîner largement dépassée, Eddy rentrait, serrait sa femme dans ses bras, cherchait à la radio une musique endiablée et dansait avec elle.

On envoyait alors les enfants se coucher et elles s'endormaient perplexes sur fond de samba, de valse ou de cha-cha-cha.

Quand les choses ne s'arrangeaient pas, les deux petites filles étaient expédiées à la campagne chez leur arrière-grand-mère. Elles s'y plaisaient beaucoup. Elles assistaient sans rien comprendre aux accouchements répétés de la Divine, leur chatte toujours pleine, et enquêtaient en vain sur les disparitions systématiques des portées de chatons. Elles se faisaient raconter l'histoire de France par cette très vieille dame qui avait eu leur âge pendant la Commune de Paris et qui avait mangé du rat.

Leur séjour là-bas ne durait jamais très longtemps. Eddy venait les chercher et leur annonçait qu'il allait gagner beaucoup d'argent pour promener de par le monde ses trois chéries.

Il décrivait le départ du transatlantique dans les brumes du Havre, les courses en chameau dans les déserts d'Afrique, les trésors aztèques enfouis depuis des millénaires mais qu'à eux quatre, ils sauraient retrouver.

Cette vie leur convenait et elles ne comprirent pas pourquoi, un jour du mois de mai, oncles, tantes, grands-parents, cousins et cousines envahirent leur deux-pièces d'alors, à Saint-Ouen.

On leur expliqua qu'il s'agissait là d'un conseil de famille et on les envoya au supermarché avec une longue liste de commissions.

Eddy était absent, leur mère, une fois de plus, pleurait. Elles imaginèrent qu'ils étaient tous venus pour la consoler et trouvèrent l'idée excellente.

A leur retour, le grand-père les prit à part et leur dit que leur papa était un malheureux qui faisait souffrir leur maman.

Deux mots jusque-là inconnus claquèrent : divorce et pension. Le soir venu, elles se réfugièrent dans le même lit.

Colette était furieuse. Elle accusait Eddy d'être un menteur, un faux jeton, un irresponsable.

Déjà, elle employait le vocabulaire des grandes personnes. Monique l'écoutait en silence. Elle n'osait pas dire que tout cela lui était égal car on lui avait promis qu'Eddy viendrait régulièrement les voir.

Pour Monique, rien n'était alors tragique : le tour du monde n'était pas annulé mais seulement retardé. Elle en profiterait pour enrichir ses connaissances en géographie. Elle accepta la pension avec calme. Colette tomba malade, délira huit jours, puis annonça qu'elle se suiciderait si on la séparait de sa mère.

La famille, effrayée par tant de fermeté, se réunit à nouveau et céda en partie à ses prières.

Elle irait chez l'arrière-grand-mère avec la chatte la Divine.

Monique partit seule pour la pension, chez des religieuses d'Amiens.

– Je ne comprends pas qu'habitant ce quartier, tu ne connaisses pas ce jardin. J'y promènerai Poussine, un de ces jours.

Monique était agrippée au bras de son père.

Elle l'écoutait décrire, au fur et à mesure, les personnes qu'ils croisaient. A chacune, il attribuait une qualité ou un défaut.

Ainsi avaient-ils déjà entrevu « Paresse », « Peur-Panique », « Odeur de Sainteté ». Chaque fois, elle avait souri devant la justesse de ses trouvailles, et pour lui faire plaisir elle se mit à jouer avec lui, en chipotant à propos de « Cupidité ». « Cupidité » ne pouvait être ce gracieux jeune homme qui marchait devant sans se presser. Elle l'accusa de parti pris car il portait un loden, manteau dont il avait horreur. C'était, entre eux, une vieille querelle.

Un jour où elle avait cherché à comprendre pourquoi il vantait le smoking et méprisait le loden, il lui avait demandé si elle avait aussi l'intention de défendre les culottes tyroliennes et les coucous suisses.

Elle n'avait pas insisté. A suivre « Cupidité », ils se retrouvèrent à leur point de départ. Elle n'eut pas le temps de s'enquérir sur ses intentions, déjà il lui donnait la suite du programme.

– Je t'invite à déjeuner. Allons rue du Bac, je connais un restaurant qui te plaira... Quel pignouf!

– Cupidité ?

– Évidemment.

Elle rit.

– Tu es un Latin complètement antigermanique.

– Ne dis pas de sottises. Sans moi tu ne connaîtrais pas *Die Kunst der Fuge* de Bach.

Et comme pour mieux souligner la justesse de son argument, il siffla les premières notes.

Deux adolescentes qui venaient en sens inverse le dévisagèrent avec curiosité. Monique n'ignorait pas qu'Eddy avait un physique singulier.

« Un physique d'avant-guerre », se disait-elle, pleine de tendresse pour cet homme qui n'avait jamais su ressembler à ses oncles et aux pères de ses petites amies de classe. Son grand-père avait expliqué que sa mère avait fait la bêtise de se choisir un mari dans un milieu inférieur au sien, et que ceci expliquait cela.

– C'est ici!

Eddy, satisfait, lui désignait la façade d'un restaurant. D'un coup d'œil, Monique le jugea trop cher et en fut agacée. Depuis sa réapparition, Eddy n'avait jamais un sou en poche. Il acceptait distraitement un peu d'argent de la part de ses filles, et le reste du temps « bricolait », comme il avait coutume de dire.

Monique avait souvent tenté de l'inviter chez elle. Mais toujours, sous des prétextes divers, il avait refusé. Aussi, c'était au restaurant qu'ils avaient pris l'habitude de se rencontrer.

Elle payait et trouvait cela normal. Mais ce restaurant-là lui semblait au-dessus de ses possibilités.

Eddy la regardait réfléchir et paraissait s'amuser beaucoup.

– Ça ne te plaît pas ? Tu préfères un endroit plus chic ?

Monique ferma les yeux, respira longuement. Elle se demandait avec une anxiété croissante comment elle allait les sortir de cette situation.

Elle n'en eut guère le temps. M. Eddy l'avait prise par le bras et l'entraînait à l'intérieur.

Un maître d'hôtel s'approcha.

– Vous avez réservé ?

– Je suis passé tout à l'heure. M. Eddy.

– C'est exact. Voulez-vous me donner vos manteaux ?

Monique avait toujours le bouquet de fleurs à la main.

– Veuillez avoir l'obligeance d'apporter un vase pour les renoncules de ma fille. Merci, je garde la mallette avec moi.

Monique, abasourdie, regardait s'affairer son père dans un de ses rôles préférés, celui du riche étranger.

Il était donc passé réserver une table avant de se rendre au 31, rue de Babylone... Son père, réserver une table... Et il parlait fort, prenait le restaurant entier à témoin, réclamait un vase et nommait « mallette » l'infect cartable écossais qu'il gardait serré contre lui.

Monique l'avait déjà vu se comporter ainsi ; mais c'était il y a fort longtemps, quand elle était une petite pensionnaire et qu'il venait la chercher.

A midi juste, une religieuse la conduisait dans le vestibule. Son père l'y attendait, impeccablement vêtu, d'une dignité imposante.

Quand la dernière porte se refermait sur eux, elle se jetait dans ses bras et il la soulevait de terre en la couvrant de baisers.

Puis ils se mettaient à courir pour s'éloigner le plus vite possible de ce qu'il appelait « le bagne ».

Les rues d'Amiens, si misérables lorsqu'elle les parcourait le jeudi accompagnée d'une surveillante et de ses camarades de classe, devenaient alors mystérieuses et magiques.

Amiens n'était plus Amiens mais, de samedi en samedi, Venise, Dakar, Moscou ou Varsovie.

Eddy, grand maître de l'illusion, lui faisait manger des nourritures exotiques et lui apprenait quelques mots étrangers. La cathédrale les abritait. Ils y allumaient des cierges pour mieux épauler leurs vœux.

Les statues et les vitraux n'avaient aucun secret pour Eddy qui en expliquait chaque détail avec un savoir toujours renouvelé.

Changeant de registre, il la conduisait au pas de course devant le palais de justice et lui enseignait l'injustice.

Jamais il ne voulut y entrer. Eddy prétendait que les juges et les policiers n'étaient pas des fréquentations dignes d'eux.

Ils testaient toutes les pâtisseries, entraient, feignant de se tromper, dans tous les jardins privés.

Un de leurs jeux favoris consistait à remonter la rue principale en s'imaginant qu'ils étaient riches et qu'ils pouvaient acheter n'importe quoi.

Ils essayaient ainsi un nombre infini de vêtements, de chaussures, de disques et même, fin du fin, d'appareils ménagers.

Jamais Monique ne regretta que ce ne fût pas vrai.

Et puis son père avait toujours quelque chose à lui offrir. Au moment où elle s'y attendait le moins, il sortait de sa poche un objet qu'il avait fabriqué avec de la mie de pain, des écorces d'arbre ou du papier.

Bateaux, poupées, animaux et autres miniatures s'entassaient dans la petite armoire privée que les religieuses autorisaient à leurs pensionnaires.

Pourquoi les avait-elle détruits le jour où, le désespoir l'emportant, elle avait cessé de l'attendre ?

– Tu savais qu'il y a des renoncules aquatiques ?

– Non.

– Eh bien, si. On les appelle les « petites grenouilles », ou encore « renoncules des marais ». Il y a encore les renoncules terrestres à fleur jaune d'or et les renoncules des Alpes à fleur blanche. Surtout ne te fais jamais refiler des ficaires.

– Pardon ?

– Les ficaires sont des petites plantes, elles aussi à fleur jaune. On dit qu'elles guérissent les verrues. Les pignoufs les appellent renoncules.

– Tu as l'intention de devenir botaniste ou tu as appris par cœur le dictionnaire ?

Ces mots furent dits avec une telle sécheresse que Monique eut immédiatement honte. En quoi son père l'avait-il blessée ?

N'avait-il pas coutume, depuis toujours, de lui enseigner l'histoire des plantes et des animaux ?

N'était-ce pas grâce à lui qu'elle savait reconnaître les champignons vénéneux ? distinguer un hibou d'une chouette ?

Eddy, surpris, la regardait, une expression enfantine dans les yeux.

– Si je comprends bien, tu m'as offert des renoncules des Alpes ? reprit Monique.

– Exactement.

Eddy sourit, soulagé. Il appela le serveur, réclama des menus et, très grand seigneur, dit à Monique :

– Choisis ce que tu veux sans penser à ce que ça coûte. Aujourd'hui, c'est moi qui t'invite.

Monique sentit la fatigue l'envahir.

Elle aurait aimé que son père cessât ce jeu dont pour une fois les règles lui échappaient.

La vision d'Eddy empruntant de l'argent pour lui offrir des fleurs et un bon déjeuner lui serra le cœur. Comment s'y était-il pris, lui qui habitait une sorte de roulotte entreposée sur un terrain vague de la région parisienne, roulotte dans laquelle il n'y avait ni eau, ni chauffage, ni téléphone ?

Monique avait beau savoir que seule cette façon de vivre lui convenait, elle se réveillait parfois la nuit avec le désir de l'en arracher. Malgré lui. Malgré sa volonté d'être ce vagabond porté disparu par ses vieilles ennemies, la Police et la Loi.

– Pssst, rapproche-toi, écoute...

– Écoute quoi ?

– Plus près... On ne doit pas nous entendre.

Monique, docile, fit comme il le lui demandait et attendit. Eddy plongea son regard dans le sien et murmura :

– Chérie, je suis millionnaire.

Sa stupéfaction fut telle que Monique sursauta et renversa le vase. L'eau et les fleurs se répandirent sur la nappe.

– Mon Dieu, les renoncules...

– ... des Alpes !

Et ils éclatèrent de rire en même temps.

– Eddy, quand donc cesseras-tu de me faire marcher ?

Eddy prit un air distrait, s'excusa auprès du serveur et se concentra sur la carte des vins. Il en choisit un, le commanda. Lorsque le maître d'hôtel se fut éloigné, il se pencha de nouveau en direction de Monique et répéta :

– Chérie, je suis millionnaire.

Elle le contempla un instant, se demandant quel parti prendre, et finalement choisit de lui donner la réplique.

– Chéri, moi aussi.

– Ne fais pas l'idiote, je te répète que je suis millionnaire.

– Je te répète que moi aussi.

– Tu ne me crois pas ?

– Mais comment donc !

– Non.

– Mais si, mais si...

Leurs chuchotements furent interrompus à nouveau par le serveur qui revenait avec les entrées et le vin.

– Si Monsieur veut bien goûter ? Château-margaux 1961.

– Parfait.

Le serveur s'en alla. Eddy reprit, d'une voix à peine audible :

– Prends la mallette et ouvre-la discrètement.

Monique but une gorgée de vin et constata, le visage illuminé de plaisir :

– Tu ne nous prives de rien... Avec Guy, j'ai bu une fois du château-margaux, mais il avait commandé « château-margaux 1964 »... bien, mais à côté de celui-là... Ça doit coûter une fortune, c'est tellement...

Eddy lui enleva le verre des mains et ordonna :

– Prends la mallette et regarde à l'intérieur.

Elle attrapa le cartable qu'il lui tendait sous la table et l'ouvrit.

– Discrètement, gronda-t-il.

Elle eut du mal à retenir un cri de surprise : des liasses de billets de cinq cents francs s'éparpillaient dans le cartable au milieu d'oignons de tulipe, d'une paire de chaussettes, d'un dictionnaire de poche arabe et d'autres objets qu'elle renonça à identifier.

Elle resta plusieurs secondes muette puis finit par articuler :

– Combien ?

– Cinq millions.

– Anciens ?

– Oui, tout de même.

Elle se mit à réfléchir à toute vitesse sur les origines de cet argent. Soudain la solution lui apparut et elle fut suffoquée de ne pas y avoir pensé plus vite. Elle rit et contempla son père avec ravissement.

– Tu as gagné aux courses.

– Non.

– Au loto.

– Non.

– Aux cartes.

– Tu m'agaces à croire que je passe ma vie à jouer. J'ai l'impression d'être avec feu ma belle-mère.

Il but une gorgée de vin, mangea de la terrine et se mit à rêver.

– Je ne dis pas que je ne recommencerai pas à jouer... Je ferai une fois par semaine un tiercé. Mais attention, je parle d'un tiercé conséquent... La chance appelle la chance... Rassure-toi, j'ai prévu de te donner dès maintenant un million et...

– Eddy, je t'en prie, dis-moi d'où vient cet argent...

– Laisse-moi finir. Un million pour toi tout de suite et

davantage au fur et à mesure que je gagnerai aux courses. Ta sœur n'a besoin de rien avec son mari dans les fourrures. Tu te rends compte si je nous faisais vivre, toi et moi?

Monique allait l'interrompre pour lui dire qu'ils n'étaient pas seuls au monde, qu'il y avait Guy et Poussine. Mais elle se ravisa.

Elle venait de réaliser qu'il l'avait entraînée, une fois encore, dans la vision d'un avenir aussi radieux qu'impossible. De sa mémoire remontaient les noms des chevaux sur lesquels avaient reposé tant de leurs espoirs.

Jamais il n'avait gagné. Sauf une fois, alors qu'ils vivaient encore tous les quatre ensemble à Sceaux où il avait loué un pavillon pourvu d'un merveilleux jardin.

Cela se passait après la rue de Grenelle et avant le HLM de Saint-Ouen.

Il avait trouvé du travail, se croyait tiré d'affaire, et le dimanche où le cheval Rosée du Matin gagna fut un grand jour. Il fit une fête et convia tout le quartier. Chacun reçut un cadeau, Eddy devint une sorte de héros.

– Ma chérie, tu ne trouverais pas ça épatant que ton vieux père te fasse vivre?

Il lui prit la main.

– Ne prends pas mal ce que je vais te dire... Tu sais que je l'aime bien, ton Guy... Mais, vois-tu, il n'a pas choisi un emploi stable. Travailler à la radio, de nos jours, on sait ce que ça veut dire.

– Ça veut dire quoi?

– Ne te fâche pas. Ce n'est pas lui que j'attaque, mais le monde dans lequel nous vivons. On peut le licencier du jour au lendemain. Vois-tu, je n'appréciais pas du tout ton ex-mari, ce pignouf, mais il avait une situation, lui. Est-ce qu'il te donne assez d'argent au moins? Je veux dire, Poussine, c'est autant sa fille que la tienne, non?

Monique avait mis ses mains sur ses oreilles pour ne plus l'entendre.

– Oui, je sais, je suis un irresponsable, comme dit ta sœur, et de ce fait vous me refusez le droit d'intervenir dans vos affaires. Mais maintenant, tout va changer : je suis millionnaire et j'entends bien veiller sur le bonheur de mes filles et de ma petite-fille. Fais confiance à ton vieux père.

Monique, d'abord indignée de l'entendre discourir sur ce qui lui était personnel et qu'elle avait choisi une fois pour toutes de taire, s'apprêtait à quitter la table et à le planter là, lui et ses millions.

L'efficace « fais confiance à ton vieux père » opéra.

Elle le regarda faire l'important, jugea que ce nouveau rôle lui allait aussi mal que possible et décida de rester.

– Maintenant, tu vas m'expliquer d'où vient cet argent.

– Héritage.

– Pardon ?

Monique, stupéfaite, retenait son souffle. C'était bien la dernière chose à laquelle elle s'attendait.

Eddy, conscient de l'effet qu'il venait de produire, prolongea, en bon acteur qu'il était, le silence.

Mais n'y tenant plus lui-même, il réattaqua.

– Héritage familial !

Elle cria presque :

– Tu n'as plus de famille, rappelle-toi !

– J'avais un oncle... Il vient de mourir, le pauvre... Alors que je le croyais mort pendant la guerre lui aussi... Avec tous les autres...

Sa voix se durcit. Il avait toujours refusé de parler de ce qui était arrivé aux siens. Dernièrement, Monique avait encore tenté de lui poser des questions. Elle voulait connaître cette famille, la sienne, dont Eddy était le seul survivant.

Elle se mit à trembler, et des larmes brouillèrent ses yeux.

– N'y pense plus, ma chérie. Pas maintenant, pas aujourd'hui.

Il était visible qu'il luttait pour échapper à de terribles images.

Monique estima que la moindre des choses était qu'elle fît de même, et elle se força à avaler quelques bouchées.

Ils parlèrent un moment de ce qu'ils étaient en train de manger, de l'automne et de ses champignons. Du vin nouveau qu'ils guettaient avec impatience.

Ce fut lui qui reprit.

– Mon oncle Alexis vivait à Nantes... Il a survécu, lui... Mais pas sa femme ni ses deux fils, mes cousins... Il ne s'est jamais remarié... Il a eu un petit commerce de bicyclettes. Il semble qu'il connaissait mon existence et qu'il a même cherché à me voir... Il n'a trouvé que ta mère... C'était à l'époque où j'avais disparu... Avant de mourir il a fait un testament en ma faveur et a chargé un notaire de me retrouver.

« Incroyable », pensa Monique.

– Incroyable, pas vrai ?

Elle acquiesça, rêveuse.

L'été dernier, Guy, Poussine et elle avaient passé leurs vacances à Nantes chez des amis. A Nantes où un vieil oncle Alexis finissait ses jours, seul.

Son père ne lui laissa pas le temps de s'attendrir.

– Ce qui m'inquiète, c'est que ce pignouf de notaire ait réussi à me dénicher dans ma roulotte. Il n'est pas passé par toi, par hasard ?

– Bien sûr que non. De quoi a-t-il l'air ?

– D'un jeune crétin se prenant pour Isidore Bautrelet.

Elle rit, soudain soulagée. Pas lui.

– N'empêche. S'il y est arrivé, je ne vois pas pourquoi la police n'y arriverait pas. Et quand je dis la police, j'entends les impôts, les juges...

Il attaqua vigoureusement ce qui restait de son entrecôte, leva son verre de vin et rit à son tour.

– Mais ils ne me retrouveront jamais, ces vautours. Je quitte la roulotte et j'y laisse un ami qui me tiendra au courant de leurs manigances.

– Quel ami ?

– Léon. Il est rempailleur de chaises au carrefour Miromesnil. Très cultivé, licencié, je crois. Te le présenterai, un de ces jours. Connaît plein d'histoires de chats qui te plairont beaucoup... Commande cafés et desserts, on a à faire!

Monique refusa la charlotte aux pommes, attentive au changement d'attitude de son père : son style télégraphique laissait présager un début d'aventure...

Ils avalèrent leur café et il demanda l'addition. Par habitude, elle sortit son carnet de chèques mais il l'en empêcha. Il fouilla dans son cartable et extirpa un billet de cinq cents francs qu'il jeta négligemment sur la table.

– Très bon et pas cher, commenta-t-il.

Il félicita le serveur, le maître d'hôtel, la demoiselle du vestiaire et leur promit à tous qu'il reviendrait.

Dans la rue, il prit avec autorité le bras de Monique. La température s'était rafraîchie, le soleil avait en partie disparu. Novembre était bien là. D'appréhension, elle se serra contre son père.

– Tout doux, ma petite fille, tout doux. L'hiver a aussi ses beautés. Pense aux bonshommes de neige que nous ferons avec Poussine. Il faut que la nature se repose. N'oublie jamais ça.

Les bonshommes de neige...

Ils en avaient fait beaucoup dans les squares d'Amiens lors de ces samedis toujours trop courts... Après, il l'emmenait dans un café, lui commandait un double chocolat et lui racontait les contes et les légendes des pays du Nord...

– Voilà.

– Voilà quoi?

Eddy venait de stopper net sur le trottoir du boulevard Raspail, à la hauteur de l'hôtel Lutetia.

Il lui désignait une Fiat 500 jaune décorée dans le plus pur style psychédélique des années soixante-dix.

Monique comprit immédiatement qu'une telle abomination ne pouvait appartenir qu'à son père. En effet, il sortit une clef de sa poche, ouvrit la portière et l'encouragea à s'y installer. Quand ils y furent tous deux, il expliqua :

– Je l'ai achetée ce matin.

– Elle est mignonne, hasarda Monique.

– Un travail d'artiste, dit-il sans qu'elle sache s'il parlait sérieusement.

– Ça fait longtemps que je ne t'ai pas vu au volant d'une voiture... Tu sais encore conduire ?

Eddy la foudroya du regard.

– Tu ne fais plus confiance à ton vieux père...

– Oh, que si !

« ... Toujours et malgré tout », pensa Monique qui, une fois encore, s'étonna de se retrouver à ses côtés, en route vers une destination inconnue, un cartable plein de billets de banque sur la banquette arrière.

Elle vit qu'il y avait aussi une vieille valise en carton, quelques livres et le transistor que Colette lui avait offert pour son anniversaire.

– Tu pars en voyage ?

– Je déménage.

– On peut savoir ?

– J'aurais préféré te faire une surprise mais puisque tu insistes...

Il lui raconta comment le hasard l'avait amené à Sceaux et comment il s'était sans presque s'en rendre compte dirigé vers leur ancien quartier. Non seulement le pavillon existait toujours, mais il était à louer. La propriétaire l'avait reconnu. Il lui avait un peu menti, avait parlé de la belle situation qu'il s'était faite à l'étranger et de son désir de se réinstaller chez elle. Elle avait été émue, flattée, séduite.

– En vérité, je ne resterai là que quelques mois... Mais j'ai envie de m'offrir ça comme d'autres s'offriraient une chambre au Ritz.

Et il se mit à chanter à tue-tête des chansons de Jean Sablon.

Monique, ne sachant que répondre, ne répondit rien.

Eddy sifflait : *Vous qui passez sans me voir*, concentré sur les panneaux indicateurs.

Monique tira une cigarette de son sac et lui en proposa une qu'il refusa. Elle en profita pour le regarder. Elle constata qu'il avait changé et pensa, pour la première fois, qu'il n'était pas beau. Son visage s'était empâté, sa moustache cachait des lèvres dont la minceur lui déplut.

Récemment, lors d'un samedi passé à la campagne avec des amis, sa sœur Colette les avait fait rire en décrivant leur père, son vieux manteau de clochard, ses airs de grand seigneur. « Comment est-il physiquement ? » avait demandé quelqu'un. « Plutôt moche. Petit, un peu gros, les cheveux ondulés comme lorsqu'il était jeune... » avait commencé à répondre Colette avant que Monique, choquée, la fasse taire.

Elle ne supportait pas que sa sœur osât en parler en ces termes et devant témoins.

Mais Colette avait repris sa description et, excitée par l'attention que lui prêtaient ses amis, raconté ensuite comment un jour...

Un jour. Un samedi d'avril.

Monique s'était levée comme tous les samedis, avec une formidable impatience au cœur.

Bientôt, Eddy serait là et l'emmènerait loin de ces murs, loin de cette pension qu'elle ne détestait pas, mais dans laquelle elle vivait distraitement, toute à l'attente de ces heures merveilleuses où elle serait enfin seule avec Eddy.

Elle s'était rendue avec les autres petites filles à la chapelle et avait communié avec ferveur.

Elle avait prié pour sa mère, pour sa sœur et pour que se réalisât enfin le tour du monde dont Eddy, semaine après semaine, lui racontait les escales.

Après le petit déjeuner, elle se rendit en salle d'études et, comme elle avait coutume de le faire, termina tous ses devoirs.

A onze heures trente, elle rangea ses livres et ses cahiers et s'en alla sur le perron attendre son père.

Cette année-là, le printemps avait commencé plus tôt. Sur la modeste pelouse qui s'étalait entre la bâtisse et le portail, perçaient les premiers crocus. Le vieux chien des gardiens dormait au soleil. Monique, son cartable entre les jambes, se mit à guetter.

Malgré les conseils des religieuses, elle resta ainsi, le regard fixé sur le portail, jusqu'à cinq heures de l'après-midi quand une pluie soudaine l'obligea à s'abriter.

Eddy n'était toujours pas là.

Aux questions inquiètes des religieuses, Monique opposa un sourire contraint. Son père avait eu quelque empêchement ou alors, il lui préparait une surprise.

Pas une seconde, elle ne pensa que quelque chose de grave avait pu lui arriver.

Eddy n'était pas de ces gens qui se cassaient une jambe ou qui avaient des accidents de voiture.

Elle se coucha en se racontant comment il la surprendrait le lendemain dimanche, un bouquet de fleurs dans une main, un cadeau mystérieux dans l'autre.

– Tu as oublié tes renoncules au restaurant.

Monique sursauta.

– Ce pignouf devant ne sait pas passer ses vitesses, et toi tu oublies les renoncules, s'énervait Eddy qui ponctuait chacune de ses paroles d'un coup de klaxon.

– Arrête ce vacarme, dit Monique.

Eddy freina et se retourna vers sa fille.

– Qu'est-ce qui t'arrive ?

– J'ai mal à la tête.

– Une de tes migraines ?

– Oui.

– Comme ta mère, alors... Elle en avait de terribles... Elle en a encore ?

– Oui.

– Je me souviens... Ça la prenait d'un coup... Un jour où je l'avais invitée dans un des restaurants les plus chics de l'époque, elle venait à peine de prendre la carte que...

– Tu as l'intention de me parler de maman ?

La question avait claqué, brutale et méchante.

Eddy s'agita et répondit faiblement :

– Mais non. Je parlais de ta migraine à toi.

– Parce que si tu veux parler de maman, eh bien, parlons-en, continua Monique.

N'obtenant pas de réponse, elle se retourna à son tour vers Eddy et le vit si affligé qu'elle regretta aussitôt ce qui venait de lui échapper.

Elle saisit sa main, crispée sur le volant.

– Pardon, dit-elle.

– C'est ta fichue migraine, hein ?

– Oui. Démarre, maintenant.

– Je vais conduire si lentement que tu ne sentiras rien... Fais confiance à ton vieux père.

Elle lui avait fait confiance longtemps, des jours, des semaines, des mois, une année entière, avant de penser que peut-être ils avaient raison, ceux qui l'accusaient de les avoir abandonnées, sa sœur et elle.

De samedi en samedi, elle avait attendu son retour; le dimanche soir la laissait désemparée, mais la fin de la semaine arrivait, et avec elle l'espoir.

Elle était toujours aussi studieuse, aussi attentive aux leçons de géographie.

Avril et mai s'écoulèrent. Lors de la distribution des prix, fin juin, toute sa famille était présente. Mais pas Eddy.

Les vacances eurent lieu comme toujours dans la maison de campagne de son arrière-grand-mère.

Personne ne parlait d'Eddy.

On le disait en voyage et on lui conseillait de l'oublier. Par fierté, elle ne posa aucune question.

Un soir, elle surprit une conversation.

Elle n'était pas allée jouer avec les autres enfants et cherchait la chatte la Divine qui s'apprêtait à mettre au monde une nouvelle portée de chatons. Sur la terrasse, les grandes personnes prenaient le frais. Elle se dissimula dans un massif de rhododendrons et, pour la première fois, espionna.

On disait qu'Eddy était un lâche, qu'il méritait qu'on porte plainte, qu'on lance un avis de recherche. Personne ne savait où il se trouvait depuis le jour où il avait annoncé à sa femme son intention de disparaître. Bien entendu, il n'envoyait pas le moindre argent...

Monique quitta alors sa cachette avec la conviction qu'Eddy ne risquait pas de revenir dans un milieu qui lui était à ce point hostile.

Elle lui donna raison et compta les semaines qui la séparaient de la rentrée des classes.

Il attendait qu'elle soit de retour à Amiens, elle en était convaincue, et pour cette raison insista pour y continuer ses études.

Mais l'automne s'écoula sans qu'Eddy revînt.

Aux premiers froids, elle eut peur. Lui seul pouvait l'aider à supporter l'hiver, lui seul savait à quel point cette saison la rendait malheureuse.

La Divine mourut mystérieusement sans qu'on sache pourquoi.

Colette envoya de longues lettres dans lesquelles elle accusait le village entier de l'avoir empoisonnée. Elle pleura sa disparition plus que celle de leur père. Monique ne réussit pas à verser une larme et se fit traiter de brute insensible.

Le premier jour du printemps tomba un samedi. Ce fut ce 21 mars-là que commença à s'infiltrer en elle l'idée que peut-être il ne reviendrait jamais.

– Chérie, tu as si mal que ça ?

Eddy avait pris sa voix la plus irrésistible et Monique ne résista pas.

– Ça va mieux, merci.

– A quoi pensais-tu ?

Monique hésita.

– Tu penses à mes millions, pas vrai ? Et à tout ce que nous allons faire ?

– Non, non.

Monique avait envie de lui dire la vérité et cherchait par où commencer. Elle ne lui avait jamais raconté les terribles samedis de cette terrible année. Elle pensait que c'était inutile et qu'elle risquait de lui faire de la peine. Ainsi, plus de vingt ans après, continuait-elle à protéger son père.

– La Divine, dit-elle, je pensais à la Divine.

– Oh! La Divine...

– Je suis sûre que tu ne t'en souviens pas...

– Fille ingrate, tu oublies que c'est moi qui vous l'ai apportée un jour... Je l'avais cachée dans ma poche pour vous faire une surprise, à ta sœur et à toi... Elle n'avait pas deux mois, et elle était noire comme de l'encre, avec une tache blanche sur la poitrine.

– Et encore?

Eddy se concentra quelques secondes, puis récita d'une voix appliquée :

– « C'était une chatte toute blanche, mais l'est noire par ruse profonde sauf à la place du cœur où ne saurait mentir. »

Monique éclata de rire et le supplia de répéter.

– « C'était une chatte toute blanche, mais l'est noire par ruse profonde sauf à la place du cœur où ne saurait mentir. »

Il rit à son tour.

– Vous nous rendiez fous à clamer cette phrase à longueur de temps... C'est ta sœur qui avait trouvé ça... Elle se le rappelle?

– Pardi, elle l'a déjà apprise à Poussine qui s'en sert pour Toto. Je n'arrive pas à lui faire comprendre que Toto est un chat, qu'il est gris et que cela s'appliquait à la Divine et ne lui convient pas...

– Trouvons autre chose pour Toto.

Et il tenta quelques alexandrins à la gloire du chat gris. Monique pensait à sa petite fille.

Elle essayait de se la représenter devant son pupitre, alignant de son mieux ce qui commençait à ressembler à des lettres.

Qu'allait-elle imaginer quand elle verrait Colette à la sortie de son école ? Rien.

Poussine serait ravie de voir sa tante et ne s'inquiéterait pas un instant de l'absence de sa mère.

Comme elle avait confiance, sa petite fille...

Monique en eut le cœur serré.

– Sceaux, annonça Eddy.

La voiture s'engagea dans une rue que Monique ne reconnut pas tout de suite.

De petits immeubles la bordaient des deux côtés, neufs et luxueux. Les quelques maisons individuelles étaient abîmées, et la leur, celle où ils avaient été si heureux, était maintenant coincée entre une laverie automatique et un chantier de construction.

– Elle est belle, hein ? s'extasiait Eddy en achevant de se garer.

Il prit son cartable, descendit et ouvrit la portière de Monique. Celle-ci s'extirpa sans plaisir. Une envie brutale de rebrousser chemin s'était emparée d'elle.

Elle ne voulait pas revoir cette maison. Elle était fatiguée de son père, au passé, au présent et au futur.

Lui, radieux, expliquait :

– La propriétaire m'a prêté les clefs pour que je te fasse visiter.

– Ne rentrons pas dans la maison... Allons seulement dans le jardin...

– Tu as raison, ma chérie, c'est meublé affreusement... Tu détesterais.

Il lui prit le bras et l'aida à contourner le pavillon. Protégé par deux hautes palissades, un jardin s'étendait tout en longueur. Un mur le séparait, au fond, d'un autre jardin, lui aussi miraculeusement épargné.

– Comme les arbres ont grandi, dit Monique.

Elle caressa le tronc d'un cerisier et nomma les arbres les uns après les autres.

– C'est incroyable, ils sont tous là, pas un n'est mort...

Elle suivit son père dans ce qui avait été autrefois une allée. Mais elle s'arrêta, perplexe, devant un tas d'objets déposés là pour d'obscures raisons puis sans doute oubliés.

– Il y avait quelque chose ici...

Eddy lui serra le bras avec violence.

– Tu as raison, il y avait un lilas... pas un très grand lilas, mais un lilas tout de même...

– Et là, à la place de ce fouillis de branches cassées, il y avait les rosiers de maman.

– Et là, il y avait le sapin de Noël... Tu te souviens?

Monique se souvenait.

Quelques jours après Noël, le 3 janvier exactement, ils avaient quitté le pavillon pour emménager dans le HLM de Saint-Ouen. Ils avaient emmené la Divine, mais ils avaient dû abandonner le sapin fraîchement mis en terre et la tortue Prudence qui avait disparu.

Eddy secoua à nouveau le bras de Monique.

– La tortue, qu'est-ce qu'elle est devenue? Il faut la chercher.

Monique se serra contre son père et lui dit tout bas :

– Mais elle doit être morte, elle aussi... Comme le sapin, comme la Divine, comme...

Elle désigna le jardin.

– Comme tout le reste... Car il n'y a plus grand-chose à part les arbres fruitiers.

– Il faut la chercher, s'obstinait Eddy.

– Eddy, Eddy chéri... Ça se passait il y a vingt-huit ans...

– Ça vit très vieux, une tortue...

– Eddy, j'ai trente-six ans, toi, plus de soixante... Ce sont des jeux pour Poussine, pas pour nous...

– Il faut la chercher. Si tu es fatiguée, va t'asseoir.

Monique, vaincue, décida de le laisser faire et s'étendit à même le sol.

Un soleil encore chaud éclairait le jardin.

Elle tourna le visage en direction de ses rayons, alluma une cigarette et se mit à fumer, les yeux fermés, heureuse. Ce ne serait pas encore aujourd'hui qu'elle parlerait à son père des samedis d'Amiens. Elle-même ne devait plus y penser.

Il était revenu. Revenu sans prévenir, le lendemain du jour où elle avait accouché de Poussine.

Il l'avait prise dans ses bras et il avait pleuré en demandant pardon. Puis il s'était extasié devant sa beauté et celle de son bébé. Elle avait sonné l'infirmière, crié qu'on le fasse sortir.

– Pas de tortue!

Eddy se tenait devant elle, penaud, le cartable à la main.

– Tu me fais de l'ombre.

– Pardon.

Non sans quelques difficultés, il s'agenouilla près d'elle.

– Je deviens vieux, lui fit-il remarquer.

– Oui.

– Merci.

Monique lui sourit.

– Par contre, à la clinique, quand tu es revenu, tu étais exactement le même que quand tu étais parti... Le même... Comment avais-tu fait pour ne pas changer à ce point?

Eddy eut une tenace crise de toux qui l'occupa quelques instants.

Sans rien ajouter, Monique fouilla dans la poche de son anorak. Elle en sortit un mouchoir qu'elle lui tendit.

Il s'essuya le visage et regarda droit devant lui vers le mur du fond. Dans l'autre jardin, un homme ratissait des branches cassées et des herbes mortes.

– Chérie, ce type...

Il parlait à voix basse, soudain très excité.

– Ce type... ce ne serait pas le petit voisin avec qui tu jouais?

– Quoi? Ce type? Ce gros type?

– Oui. Comment il s'appelait, ton petit ami?

– Bruno?

– Oui.

Il se pencha sur Monique, le visage soudain très grave.

– C'est Bruno. Fais confiance à ton vieux père si physionomiste. D'ailleurs, je vais le saluer...

Monique s'agrippa à la manche de son pardessus pour l'empêcher de se relever et lui demanda d'une voix pressante :

– Qu'est-ce qui s'est passé ? Pourquoi es-tu parti sans me prévenir ? Pourquoi ne m'avoir jamais écrit pendant toutes ces années ? Tu m'as abandonnée. Pourquoi ?

– Je ne t'ai pas abandonnée.

– Si.

– Alors, si je l'ai fait, c'est que je ne pouvais pas faire autrement.

Ils se turent, le temps de fumer chacun une cigarette. Puis Eddy se rapprocha de Monique, lui passa les bras autour des épaules et attira sa tête contre sa tête à lui.

– Ma petite fille chérie...

Il embrassa ses cheveux.

– Ma petite fille chérie, ta mère m'avait abandonné, je ne l'ai pas supporté.

– Je ne comprends pas, murmura-t-elle.

– Nous nous sommes vraiment aimés, ta mère et moi, vraiment... Malgré la vie infernale que je lui avais fait mener... Malgré sa famille... Malgré nos séparations... Tu étais pensionnaire à Amiens quand nous avons recommencé à nous voir... Mais en secret... Elle avait peur de sa famille, de sa famille qui vous faisait vivre ta sœur et toi... Petit à petit, j'avais réussi à la convaincre de revivre avec moi, de repartir de zéro... Nous avions le projet d'une nouvelle vie... Au Guatemala... En France, la police commençait à s'intéresser à moi à cause de cette faillite... Toi, je te voyais tous les samedis, ma toute petite... J'avais si envie de tout te raconter, mais ta mère me l'avait interdit.

Il lui embrassa à nouveau les cheveux.

– ... Un soir, au début du mois d'avril, elle est arrivée au rendez-vous accompagnée d'un pignouf dans le genre de ses frères... Elle me l'a présenté comme son fiancé et m'a confirmé que c'était fini pour toujours entre elle et moi. Elle voulait le divorce et la garde des enfants... J'ai embarqué pour l'Amérique du Sud, quelques jours après.

– Sans me prévenir? Sans me dire au revoir?

– Si je t'avais vue, je n'aurais pas pu partir... Tu ressemblais tellement à ta mère...

– Tu aurais dû m'écrire, une fois arrivé.

– Tu n'aurais pas compris, tu étais trop petite... Et puis je souffrais... Je te souhaite de ne jamais souffrir comme j'ai souffert pendant toutes ces années.

Monique repoussa doucement son père et lui dit, très calme :

– Moi aussi, je te souhaite de ne jamais souffrir comme j'ai souffert pendant toutes ces années.

Eddy, à nouveau, regardait droit devant lui. En face, l'homme mettait le feu au tas d'herbes et de branches. Monique alluma une nouvelle cigarette.

Elle se sentait indifférente à l'histoire d'amour de ses parents. Un détail, pourtant, la tracassait.

– Tu l'aimais donc tellement plus que moi?

– Qui ça?

– Ta femme...

– Ta mère?

– Oui.

Eddy lui prit les mains et la força à se rapprocher de lui.

– Tu es et tu seras toujours ma préférée. Ne l'oublie jamais.

Il se releva avec la souplesse d'un jeune homme et l'aida à faire de même. Elle tenait le cartable.

Bras dessus, bras dessous, ils firent quelques pas en direction du pavillon. Le soleil déclinait et Monique eut l'impression qu'elle venait de prendre froid.

Eddy, très gai, lui faisait part de ses projets. Avec ses millions, il s'installerait dans cette maison et pourrait enfin y recevoir ses filles et sa petite-fille.

– Pourquoi ne t'y installerais-tu pas définitivement avec moi?

– Définitivement ? Tu as juste de quoi la louer quelques semaines.

– Définitivement quelques semaines, c'est ce que je suis en train de t'expliquer...

Monique se mit à rire sans pouvoir s'arrêter. Son père d'abord inquiet se vexa puis finit par faire de même. Ils se laissèrent tomber sur un banc, tout vermoulu, devant la façade de la maison.

– Bien trop vieux, ce banc, constata Eddy entre deux hoquets.

Il se calma le premier et reprit :

– Alors, tu ne veux pas venir passer l'hiver avec moi ici ?

– Et Poussine ? Et Guy ?

– On les invite si tu veux.

– Non.

Il poussa un immense soupir. « Un soupir de tragédie », aurait ricané Colette.

– Eh bien, si c'est comme ça, je n'y habiterai pas, voilà tout. Allons-nous-en d'ici.

Rassurée, Monique se leva. Mais son père traînait le long de la palissade, comme s'il cherchait quelque chose. Soudain, un cri.

– Chérie !

Elle accourut. D'un doigt tremblant, il lui désignait quelque chose à demi enfoui dans le sol. C'était une énorme tortue qui s'apprêtait à hiberner et qui était bien quatre fois plus grosse que la petite tortue qu'Eddy avait achetée, un lointain dimanche, quai de la Mégisserie.

– Ce ne peut pas être Prudence.

– Bien sûr que si, les tortues grandissent en vieillissant.

Eddy la souleva et la posa un peu plus loin, au soleil. Ils retinrent leur souffle et attendirent.

La tortue bougea sur elle-même, sortit une tête peureuse qu'elle rentra aussitôt. Eddy applaudit, transporté de joie.

– C'est elle ! C'est Prudence ! Il faut l'emporter !

Monique commença par refuser. Elle évoqua la taille réduite

de son appartement et les habitudes que devait avoir la tortue dans ce jardin.

Il lui opposa la joie qu'en aurait Poussine et la fidélité à leur passé. Elle céda.

Tels des conspirateurs, ils ramassèrent un vieux carton qui traînait dans l'herbe et y logèrent la tortue. Eddy jeta son écharpe dessus et ils regagnèrent la voiture. Le carton calé sur la banquette arrière, Eddy mit le moteur en marche en sifflant à tue-tête l'ouverture de *Don Giovanni*.

Deux heures plus tard, après qu'il l'eut déposée au coin de sa rue, elle n'arrivait pas à se décider à monter chez elle. La tortue, dans ses bras, pesait un poids énorme.

Dans les poches de son anorak, il avait fourré, malgré ses protestations, des liasses de billets de cinq cents francs. Elle avait fini par accepter, pensant qu'elle les mettrait sur un compte bloqué en prévision du jour où son père à nouveau serait dans le besoin. Elle avait en vain essayé de lui faire avouer où il comptait se rendre maintenant qu'il avait quitté la roulotte et abandonné le projet du pavillon de Sceaux. Mais il avait fait le mystérieux et elle n'avait obtenu qu'une vague promesse : il lui donnerait de ses nouvelles d'ici quelque temps.

Elle avait mal au cœur et mal à la gorge. La tortue, tout à coup, cessa de l'émouvoir. Elle eut envie de la jeter dans la première poubelle venue.

Dans l'ascenseur, un miroir lui renvoya son image.

Elle estima qu'elle ne ressemblait plus à la petite pensionnaire d'Amiens. Brusquement des larmes se mirent à couler.

Il lui avait préféré sa mère, il avait suffi que celle-ci le quittât pour qu'il l'abandonne.

L'ascenseur était arrivé au sixième étage, le sien, sans qu'elle songeât à en sortir.

Elle pleurait, les yeux maintenant fermés, le carton serré contre sa poitrine. Soudain, une porte s'ouvrit et un cri de joie retentit dans tout l'escalier. C'était Poussine en robe de chambre. Derrière elle se tenait Colette, un livre de contes de fées à la main.

Monique renifla bruyamment, toussa comme quelqu'un qui se serait enrhumé. Elle sortit de l'ascenseur et dit en soulevant l'écharpe qu'Eddy avait oubliée sur la tortue :

– Regardez ce que je vous apporte.

L'île

– Alors, est-ce que ce n'est pas le paradis?

Jeanne avait glissé son bras sous celui de Jean et se retournait, souriante, vers son amie. Laure approuva distraitement car elle guettait la sonnerie du téléphone.

Ils se trouvaient tous trois sur la grande terrasse qui surplombait la pinède menant aux plages. Derrière eux, l'hôtel où ils avaient choisi de passer douze jours de vacances résonnait de cris et de rires d'enfants.

« On dirait une pension de famille », pensa Laure. Quelqu'un lui prit la main : c'était Pomme, une adolescente de quatorze ans, que Jean avait eue d'un premier mariage et qui s'impatientait.

– Tu viens la voir, la chambre?

Jean s'interposa.

– Pomme, ne commence pas à nous embêter.

Et se tournant vers Laure :

– Ne te laisse pas faire.

Pomme eut pour son père un sourire condescendant. Les yeux dans le vague, le dos rond, les bras ballants, elle paraissait depuis longtemps résignée aux faits et gestes arbitraires des grandes personnes.

Laure eut pitié d'elle.

– Monte dans la chambre, si tu veux. Je te rejoins dans cinq minutes.

Pomme se redressa instantanément.

– Je vais défaire ma valise et ranger mes vêtements, dit-elle avec enthousiasme.

Jeanne intervint :

– Rappelle-toi que tu partages cette chambre avec Laure, ne prends pas toute la place...

Mais Pomme était déjà partie vers l'hôtel.

Laure regretta de ne pas lui avoir dit de signaler à la réception qu'elle était sur la terrasse. Si on lui téléphonait, l'employé, peut-être, ne la trouverait pas et celui dont elle attendait l'appel, penserait qu'elle n'était pas encore arrivée. Ils s'étaient dit au revoir la veille et déjà il lui manquait, et déjà elle se demandait comment elle allait faire pour passer douze jours sans lui.

– ... et c'est ici qu'il m'a séduite, conclut Jeanne.

Laure sursauta. Toute à ses pensées, elle n'avait pas entendu ce que lui racontait son amie. Jean s'en rendit compte et plaisanta :

– Laure est ailleurs...

Jeanne, de bonne grâce, reprit ses explications.

– Je te disais que lorsque Jean et moi nous nous sommes rencontrés, il m'a emmenée dans cet hôtel. Je connaissais à peine le Midi et pas du tout cette île...

Elle caressa tendrement son ventre dissimulé sous les plis d'une ample chemise en jersey gris.

– Et voilà le résultat.

Jean, à son tour, caressa le ventre.

– Cela se passait il y a presque dix ans... Il m'aura fallu dix ans pour décider Jeanne à faire un enfant avec moi. Et maintenant...

Il s'interrompit, rêveur.

– Et maintenant? répéta Laure.

– Et maintenant, j'ai l'impression d'être coincé et qu'il va falloir que je travaille trois fois plus pour l'élever, pour...

Jeanne lui coupa la parole avec une tranquille assurance.

– Bouh! Quel prétentieux... Mais tu es libre, mon garçon, je n'ai pas besoin de toi pour l'élever, je gagne aussi ma vie, n'est-ce pas, Laure?

Laure savait que cette dispute était feinte et se contenta de sourire.

Mais Jean aussi la sollicitait :

– Ça va être charmant, ces vacances... Nous laisserons Jeanne et Pomme faire des pâtés sur la plage et nous irons faire la fête, toi et moi.

– La fête ? Je me demande bien où, dit Jeanne paisiblement, nous sommes au bout de l'île et il n'y a que cet hôtel.

– Dans les fourrés.

Jean n'attendit pas que sa réponse fût commentée. Il enchaîna :

– Et si nous allions voir nos chambres, les filles ?

La chambre de Jean et de Jeanne se trouvait au premier étage du bâtiment central de l'hôtel, au bout du couloir. Elle était de taille moyenne mais avait une grande salle de bains d'où, par la fenêtre, on apercevait la mer. Celle que devaient occuper Pomme et Laure était meublée de deux lits étroits comme des couchettes de train, d'une armoire, d'une table et d'un lavabo.

– C'est vraiment une chambre d'enfant, constata Jean avec un début d'inquiétude.

Laure en convint. Une fillette de l'âge de Pomme aurait dû se trouver là, à sa place. Mais elle s'était décommandée et Pomme, à qui on avait demandé avec qui elle aimerait passer ses vacances, avait aussitôt avancé le nom de Laure.

Jean et Jeanne en avaient été enchantés. Laure était leur meilleure amie, la plus ancienne aussi.

– Tu crois que ça va aller ? demanda encore Jean.

– Tu viendras prendre autant de bains que tu veux chez nous, ajouta Jeanne.

Laure les rassura. Ils décidèrent de se retrouver dans un quart d'heure sur la terrasse, pour l'apéritif.

Son père sorti, Pomme s'empressa d'organiser leur espace commun.

– Tu as droit à cette partie de l'armoire et aux deux tiroirs du bas. Quel lit veux-tu ?

Laure lui désigna le téléphone mural, près de la porte, puis le lit qui se trouvait juste en dessous.

– Celui-là. Ce sera plus pratique pour répondre.

– Ah, tu attends des coups de fil...

Pomme soudain était respectueuse : elle admirait Laure parce qu'elle était célibataire et avait, croyait-elle, une vie amoureuse intense. Laure la laissait rêver, se gardant bien de nier ou de confirmer quoi que ce soit.

– C'est toujours Thierry ?

– Pas seulement Thierry.

– Ah...

Pomme était déconcertée et pour se donner une contenance entassait sur la table les cassettes de son walkman.

Laure, assise en tailleur sur son lit, se demandait comment occuper les minutes qui la séparaient du dîner.

Ne pas avoir sa propre salle de bains la contrariait beaucoup. Une douche l'aurait peut-être aidée à chasser certaines appréhensions, à cesser de mettre en doute les raisons qui l'avaient amenée à quitter Paris et à suivre ses amis sur cette île.

Elle se rappela qu'elle était fatiguée physiquement et que son histoire avec l'homme dont elle se croyait amoureuse lui causait, en ce moment, plus de soucis que de joies.

Elle avait pensé qu'une séparation, la première depuis qu'ils s'étaient rencontrés, pourrait leur être bénéfique.

– Il y en a donc un autre ?

– Hein ?

– Un autre homme.

Pomme la fixait de ses grands yeux bleus. Laure nota qu'elle avait les mêmes sourcils épais et noirs que son père et s'en amusa. Mais ce regard exigeait une réponse.

– Oui, dit-elle.

– Comment s'appelle-t-il ?

– Tu es trop curieuse.

Pomme lui tourna le dos et se mit à brosser ses cheveux frisés.

– Pour ce que ça m'intéresse... maugréa-t-elle.

Laure s'allongea sur la couverture en regrettant que sa petite amie n'insiste pas davantage. Elle aurait aimé lui confier qu'il s'appelait Jacques Caraes et que c'était ce nom qui l'avait tout d'abord attirée. Le simple fait de l'évoquer lui fit battre le cœur. Qu'il n'ait pas encore téléphoné l'inquiétait. Il lui avait promis la veille de l'appeler en fin de journée, et la fin de journée s'achevait. Elle se souvint alors de son inexactitude et s'imposa de ne plus y penser. Elle se força à regarder Pomme qui avait enlevé ses vêtements fripés et qui hésitait entre une robe jaune et une robe verte. Laure s'étonna.

– Tu te changes pour le dîner ?

– Oui, pas toi ?

Laure soupira, théâtrale :

– Ai-je seulement de quoi ?

Pomme eut l'air choqué.

– Les gens de l'hôtel se changent... Ils sont tous très élégants...

Cette information tira Laure de sa torpeur. Dans son sac il n'y avait que des pulls, des chemises et des jeans. Des robes aussi, bien sûr, mais des robes de plage, pas des robes pour aller dîner. Elle s'en inquiéta.

– Jeanne ne m'avait pas prévenue, je n'ai rien à me mettre.

Pomme, méchante, profita de sa détresse.

– Tu vas être la seule, tu vas te faire remarquer...

Laure se sentait accablée, épouvantée. Elle en était à imaginer un scénario lui permettant de prendre, dès le lendemain, un train pour Paris quand deux coups violents ébranlèrent la porte.

– Entrez, répondit immédiatement Pomme de cette drôle de voix perchée qui était la sienne depuis peu de temps et qui sans doute, d'ici quelques mois, se modifierait encore.

– Ho, les filles ! Quelle délicieuse atmosphère de pensionnat ! Regarde-les donc, Jeanne...

Jeanne se faufila près de Jean et rit à son tour. Elle se moqua de Laure affalée sur son lit, qui semblait bouder, et de

Pomme, debout devant le lavabo, qui lissait ses sourcils. Laure l'écouta, un peu gênée. Le parfum fleuri de son amie pénétrait dans la chambre et lui apportait une impression de fraîcheur. Elle ferma les yeux, se dit qu'elle était en vacances et qu'il ne tenait qu'à elle que ce fût de belles vacances.

– Non, mais c'est qu'elle s'endormirait, s'indigna Jean en lui donnant une tape sur les pieds.

Laure se leva et rejoignit Pomme. Son visage, dans le miroir, lui déplut. Il était pâle et gris, un peu gonflé. Elle réalisa qu'elle portait toujours la même chemise et la même jupe, froissées par le voyage en voiture. Jeanne, par contre, s'était changée et maquillée. Elle paraissait reposée et attendait, patiente, que Laure et Pomme se décident à quitter la chambre. Jean, lui, s'en était allé après leur avoir conseillé de se presser un peu.

– Quel est le problème ? demanda Jeanne.

– Elle n'a rien à se mettre, s'empressa de répondre Pomme.

– C'est vrai, tu aurais dû m'expliquer quel genre d'hôtel tu avais choisi, dit Laure avec irritation.

Jeanne eut un rire joyeux, un rire qui d'habitude balayait toute amorce de mauvaise humeur chez son amie.

– Que tu es bizarre ! Je ne t'ai jamais vue aussi sensible à l'opinion d'autrui.

Une sonnerie stridente les fit toutes trois sursauter : c'était le téléphone.

– C'est pour moi, dit précipitamment Laure en décrochant le combiné.

Certaine qu'il ne pouvait s'agir que de Caraes, elle fit signe à ses amies de sortir. Mais elle se trompait et ce fut la voix de Jean qui lui parvint. Il appelait de la réception, il avait déjà commandé les apéritifs.

Presque tous les clients étaient attablés dans la partie de la terrasse qui faisait office de salle à manger. Ils avaient pour cela déserté les chaises longues bleu marine qui s'alignaient en désordre, près du bar. Jean était à demi allongé dans l'une d'elles et leur désignait un plateau de boissons posé près de lui.

– Pour toi, Jeanne, de l'eau minérale, pour toi, Pomme, une limonade, et pour toi, Laure...

Laure prit la coupe qu'il lui tendait et eut son premier moment de plaisir.

– ... du champagne, dit-elle, ravie.

Elle trinqua avec ses amis.

– A nos belles vacances!

Jean expliqua qu'il ne fallait pas trop tarder car on ne servait pas au-delà de vingt et une heures. Il fit aussi admirer les deux bols de porcelaine qui contenaient l'un des cacahuètes, l'autre des olives. Jeanne, Laure et Pomme se jetèrent dessus avec une avidité qui parut satisfaire le serveur.

– Vous en voulez d'autres? proposa-t-il.

– Oui, répondit Pomme, en léchant ses doigts pleins d'huile.

– Non, bien sûr que non, rectifia Jean.

Il remercia le serveur et fit la leçon à sa fille : celle-ci ne devait pas se conduire en goinfre, ni abuser de la gentillesse des gens de l'hôtel. Pomme prit un air las et fit semblant de s'intéresser à la chaîne en or que Laure portait autour du cou. Laure, pas dupe de son manège, échangeait avec Jeanne quelques commentaires à voix basse. Toutes deux observaient les clients de la salle à manger. C'étaient pour la plupart des couples accompagnés d'enfants en bas âge. Le teint hâlé, le cheveu propre et bien coiffé, les hommes avaient tous une certaine élégance sportive. Les femmes, elles, portaient des robes claires et étaient aussi soigneusement bronzées que maquillées.

– Bouh, quel chic, soupira Laure, à nouveau mal à l'aise dans ses vêtements de tous les jours.

Elle but quelques gorgées de champagne pour se redonner du courage.

– Tu sens l'odeur des mimosas? demanda Jeanne.

– Oui.

Mais Laure sentait, plus forte encore, l'odeur des eucalyptus. Cela la ramena à certains étés de son enfance, passés en famille dans une villa des environs de Saint-Raphaël. Elle y avait grandi auprès d'une petite fille aussi brune qu'elle était blonde, sa cousine, qui était morte le premier jour du printemps, il y avait quelques mois à peine.

« Quatre », compta Laure. Elle se rappela qu'elle avait suivi ses amis sur cette île, aussi, dans le but d'y penser moins et que c'était l'inverse qui semblait se produire.

Au bout du chemin qui menait aux plages, elle imagina, malgré elle, une jeune fille en robe de cotonnade noire qui attendait, mélancolique, le coucher du soleil.

Elle se vit, elle, Laure, au même âge, marcher à sa rencontre, le cœur serré par elle ne savait quelle obscure crainte. « Je dois être bien fatiguée », se dit-elle.

– Si nous allions dîner ? proposa Jeanne.

Leur table se trouvait en plein air, en bordure de la salle à manger. Laure en fut soulagée : si on l'appelait au téléphone, elle serait facile à trouver. Elle regarda sa montre, s'en voulut et s'interdit de penser à Caraes, à ce que pouvait faire Caraes, à ce que voulait Caraes.

– Etc., conclut-elle à haute voix.

– Qu'est-ce que tu dis ? demanda Jeanne.

– Moi, j'ai dit quelque chose ? s'étonna Laure.

– « Moi, j'ai dit quelque chose », la singea Jean en lui tendant le menu.

L'expression ahurie de Laure lui fit lever les yeux au ciel. En face de lui, Pomme mâchait de la mie de pain d'un air morose. Quant à Jeanne, les deux mains posées à plat sur son ventre, elle écoutait bouger son enfant, heureuse, lointaine.

– Dites donc, les filles, va falloir être plus animées ! dit Jean avec mauvaise humeur.

A nouveau, ils se trouvaient assis tous les quatre sur la terrasse. La nuit était venue et des lampes avaient été allumées, éclairant les dîneurs qui, maintenant, buvaient leur café. Un serveur passait entre les tables et leur proposait des digestifs ou des cocktails de fruits.

Jean, un verre d'alcool de poire à la main, racontait la pièce qu'il devait répéter, début août, à Paris. Il s'agissait d'un drame de Shakespeare. Il devait en interpréter le rôle principal, le spectacle serait vu par des milliers de personnes et tiendrait l'affiche jusqu'à la fin de l'année. Cette perspective le ravissait et il jurait, prenant ses compagnes à témoins, d'utiliser ses douze jours de vacances pour apprendre son texte et réfléchir à son personnage. Jeanne l'approuvait comme elle le faisait toujours lorsqu'il parlait de son travail.

Laure ne l'écoutait pas. Le vin rosé de Bandol l'avait agréablement soûlée et elle pensait que si Caraes n'appelait pas dans la soirée, c'est qu'il le ferait le lendemain et qu'il n'y avait là rien d'autre qu'un léger contretemps. Elle se rappela qu'un metteur en scène italien venait de l'engager pour un film qui se tournerait à Florence à la fin du mois de juillet.

« Tout va donc très bien », se dit-elle. Elle regarda alors ce qui se passait sur la terrasse.

Quelques dîneurs s'étaient regroupés autour d'une partie de cartes. D'autres prenaient le frais en évoquant leur baignade de l'après-midi. Des enfants jouaient à cache-cache et feignaient d'ignorer les rappels à l'ordre de leurs parents.

– A quoi penses-tu ? lui demanda soudain Jeanne.

Laure se pencha vers elle.

– A ce que peuvent faire tous ces gens quand ils ne sont pas en vacances au bord de la mer.

Jeanne n'hésita pas.

– Ce sont des cadres supérieurs, des médecins, des architectes, des psychanalystes peut-être.

Laure approuva.

– Tu crois qu'ils ont compris que nous ne sommes pas des gens sérieux, que nous sommes des acteurs, des artistes ?

Elle avait mis dans le mot « artiste » toute l'ironie dont elle était capable, ironie que comprenaient parfaitement Jeanne et beaucoup moins Jean.

Jeanne s'abrita derrière sa tasse de tilleul-menthe et épia un couple qui jouait, trois tables plus loin, aux échecs. Son attention fut ensuite attirée par un vieil homme qui se tenait très droit dans son fauteuil et qui lisait le *Times*.

– Je crois que personne ne s'occupe de nous, conclut-elle.

Un bâillement exagérément étiré parvint d'une chaise longue. Pomme s'y était enfouie, son walkman sur les oreilles, et donnait les premiers signes de fatigue.

Jean toussa.

– Je vois que je vous passionne, toutes les trois...

Laure se tourna vers lui, affectueuse et pleine de bonne volonté.

– Tu disais quelque chose ?

– Non, Laure, je ne disais pas quelque chose, je disais des choses essentielles.

Il prit un air faussement grave.

– Un jour tu te rendras compte à côté de quel être exceptionnel tu es passée.

Laure baissa la tête comme une enfant penaude.

– Je te pardonne. Mais pour cette fois, cette fois seulement...

Laure lui sourit et termina le verre d'alcool qu'il lui tendait. La fatigue du voyage commençait à la gagner, elle aussi. Mais la nuit était claire et elle n'avait pas encore vu la Méditerranée de près.

– Descendons aux plages, décida-t-elle en s'extirpant de sa chaise longue.

Jean et Jeanne marchaient devant, enlacés. Laure suivait quelques mètres derrière, à nouveau émue par les odeurs d'eucalyptus. Pomme bondissait à ses côtés, excitée et apeurée par les bruits qui provenaient des fourrés. Elle se serra, frissonnante, contre Laure.

– C'est dangereux de se promener la nuit ?

– Très dangereux !

Pomme se figea alors dans l'allée, Laure, d'une bourrade, la força à continuer.

– Quel gros bébé tu es!

Cette remarque tranquillisa l'adolescente. Elle se pendit au bras de Laure et lui raconta, avec force détails, un film de vampires qu'elle avait vu à la télévision.

Deux silhouettes surgirent brusquement au détour d'un chemin. Pomme eut un petit cri. Un garçon et une fille avançaient, silencieux, en se tenant par la main. Sa jupe à elle était parsemée d'aiguilles de pin. Lui avait sur le visage une expression de plaisir assouvi qui se transforma en un sourire lorsqu'il surprit le regard de Laure posé sur lui. La jeune femme rougit. Elle savait qu'elle les avait regardés avec envie et comprit qu'elle avait été devinée.

– N'aie pas peur, ce sont des amoureux... dit Pomme à voix basse.

Laure s'attarda quelques secondes à suivre des yeux le couple qui maintenant lui tournait le dos et s'éloignait en direction de l'hôtel. Mais Pomme, qu'un oiseau de nuit avait effrayée, la tirait par la manche de son pull-over.

– Viens... c'est pas prudent de rester seules...

Jean et Jeanne les attendaient au bout du chemin, bordé de chaque côté par une plage. Dans les deux criques, des bateaux mouillaient pour la nuit. De petites lampes rouges accrochées aux mâts leur permettaient de se signaler les uns les autres. Sur un voilier, une fête battait son plein. Un air de rock se mêlait aux rires et aux cris de joie des danseurs.

– On va sur la plage? proposa Jeanne.

Jean l'aida à descendre le petit sentier escarpé qui y conduisait. Agrippée à son cou, elle s'amusait de sa maladresse et prenait son amie à témoin.

– Est-ce que tu réalises que je deviens un éléphant?

Laure qui l'avait précédée lui tendit une main que Jeanne refusa. Mais elle eut tort car elle glissa sur les cailloux et ne dut son salut qu'à l'intervention rapide de son amie.

– Mais fais donc attention, s'énerva Jean.

Jeanne se dégagea des bras de Laure pour retourner dans ceux de Jean.

– Ne te fâche pas, mon amour, murmura-t-elle en lui embrassant doucement les lèvres.

Elle fit signe, ensuite, à Laure et à Pomme de se rapprocher et leur dit d'une voix que le bonheur faisait trembler :

– Quelle chance nous avons d'être là... Tous les quatre...

Cette phrase résonna étrangement aux oreilles de Laure. Elle eut envie de répondre ce qu'à la seconde même elle était en train de penser : « Non, c'est une malchance d'être là tous les quatre, la vraie chance serait que j'y sois seule avec Caraes. » Mais elle ne le fit pas.

– En dix ans, que de bonnes vacances ensemble... dit-elle.

– Dix ans ? s'inquiéta Jeanne.

– Mettons neuf...

– Tu me rassures !

L'une après l'autre, elles énumérèrent les lieux où – avec ou sans Jean – elles avaient partagé des maisons, des chambres d'hôtel et même des spectacles de théâtre. Pomme qui s'ennuyait lançait des pierres dans l'eau. Son père la rejoignit et joua quelques instants avec elle. D'un commun accord ils avaient l'habitude d'ignorer Laure et Jeanne lorsque celles-ci se mettaient à évoquer leurs souvenirs.

Laure s'était assise sur le sable. Elle écoutait moins Jeanne que le bruit des drisses tapant sur les mâts. Elle pensait à cet homme qui lui avait appris à connaître les bateaux et qui irrémédiablement s'éloignait d'elle.

Elle pensa encore qu'ils avaient vécu ensemble un grand amour et que c'était peut-être la folie de sa vie que d'y avoir renoncé.

« Cher, cher Thierry », murmura-t-elle soudain au bord des larmes. Mais l'image de Caraes s'imposa à nouveau. L'idée qu'il puisse être en train de lui téléphoner la fit se relever d'un bond.

– Et si nous rentrions à l'hôtel ? dit-elle. La nuit devient fraîche...

Ce fut d'abord une odeur de café et de pain grillé qui tira Laure de son sommeil, puis des voix dont elle reconnut l'accent chantant. Elle se souvint alors qu'elle se trouvait dans une île du midi de la France et que ce lit qu'elle s'étonnait de trouver si étroit et si court allait être le sien pendant douze jours. Mais elle avait bien dormi et se sentait prête à mener sur-le-champ une vie réglée de vacancière. Les bruits qui l'avaient réveillée provenaient de la cour au-dessous de la fenêtre, où des jeunes filles, vêtues d'une jupe noire et d'un corsage blanc, préparaient les petits déjeuners. Il y avait encore très peu de clients, elles bavardaient entre elles et riaient à tout propos. Laure referma le volet et sourit de contentement : la gaieté de ces jeunes filles lui semblait le meilleur des présages.

– Pomme ? appela-t-elle.

Un faible grognement lui répondit. Pomme gisait sur son lit, à plat ventre, les bras en croix, telle une poupée de chiffon. Elle avait jeté à terre draps et couvertures et dormait vêtue d'un tee-shirt trop court. Ses fesses, bien fermes et très blanches, faisaient une tache claire dans l'obscurité. Laure eut envie de les pincer mais se retint : elle savait que sa petite amie n'aimait plus du tout ce genre de familiarité et que ce geste tendre et taquin risquait de provoquer une dispute. Elle se souvint qu'un problème de lampe de chevet les avait, vers les onze heures du soir, dressées l'une contre l'autre. Pomme voulait lire, Laure dormir. Une discussion s'était amorcée et avait tourné court car Laure avait décrété que « les petites filles ne devaient pas veiller si tard ». Pomme avait obéi avec une rage qui expliquait le désordre des draps et des couvertures. Laure jugea qu'elle avait fait preuve d'une mauvaise foi peu sympathique, mais se donna raison. Si elle ne dictait pas d'emblée sa loi à Pomme, ce serait Pomme qui en profiterait pour dicter la sienne. Elle décida d'oublier l'incident.

– Pomme ? murmura-t-elle.

Le corps de l'adolescente se contracta et ce fut d'une voix à peine audible qu'elle répondit :

– Je dors...

Laure se pencha au-dessus du visage aux yeux obstinément clos.

– Quelle marmotte!

Et sans transition, elle se mit à entonner le refrain d'une chanson qui depuis des semaines lui trottait dans la tête.

– « Et la marmotte dit à l'écureuil
Depuis trois mois je n'ai pas fermé l'œil.
Marmotte vous mentez, voici venir l'été
Les oiseaux vont chanter dans la nature
Aimons nos pères... »

Un hurlement la fit s'interrompre. Pomme s'était redressée sur ses coudes et montrait un visage déformé par la rage.

– J'en ai marre de cette chanson idiote que tu nous chantes sans arrêt depuis le départ!

La vision de Pomme en colère et à demi nue enchanta Laure. Connaissant sa pudeur, elle prit un malin plaisir à lui demander si elle était brouillée avec les pyjamas et Pomme, seulement alors, découvrit sa tenue. Confuse mais digne, elle s'enroula dans un drap, résolue à ne pas donner prise à de nouvelles moqueries. Laure, sur le point de quitter la pièce, ne put s'empêcher de l'appeler à nouveau.

– Quoi encore? gémit Pomme d'une voix déjà ensommeillée.

– « Aimons nos pères, nos mères, la vie et le Bon Dieu
Et puis les femmes, les femmes, les femmes
Qui ont les yeux bleus! »

Au cri que poussa Pomme, Laure jugea prudent de se réfugier dans le couloir. Elle n'eut pas tort car un livre, lancé à travers la pièce, vint s'écraser contre la porte. Décidément, Pomme n'aimait pas Charles Trenet.

Laure avançait, hésitante, dans la cour. La lumière lui faisait cligner les yeux et elle regretta d'avoir oublié ses lunettes de soleil.

Elle s'interrogeait sur le choix d'une table lorsqu'elle aperçut

Jeanne, un peu à l'écart, qui lisait en buvant une tasse de thé. Elle avait roulé ses cheveux noirs en un petit chignon au bas de la nuque et portait une longue robe tunisienne. Ses pieds, chaussés de fines sandales, étaient confortablement calés sur le fauteuil qui lui faisait face. Laure, une fois de plus, admira la beauté de Jeanne, beauté dont elle connaissait tous les détails et dont elle ne se lassait jamais. Ses voisins les plus proches, deux couples d'une cinquantaine d'années, devaient être de son avis car ils la contemplaient avec une insistance presque gênante.

Mais Jeanne, toute à sa lecture et à ses tartines, ne s'apercevait de rien. Laure s'approcha doucement derrière elle et posa ses mains sur les yeux de son amie.

– Laure! devina Jeanne.

– Gagné!

Elles se sourirent. Une jeune serveuse apporta un pot de café et une corbeille de croissants. Jeanne posa son livre, trempa un doigt dans la confiture. Puis elle tourna son visage en direction du soleil et demanda à son amie si elle avait passé une bonne nuit.

Laure buvait son café et répondit par une grimace : ce ne serait qu'au bout de deux tasses qu'elle serait en mesure de soutenir une discussion.

– Humm, dit Jeanne, on est matinale mais pas si réveillée que ça...

Autour d'elles l'hôtel commençait à s'animer. Du bâtiment central surgissaient les vacanciers entrevus lors du dîner. Leurs tenues négligées contrastaient avec leur élégance de la veille. Certaines femmes, encore en peignoir, traînaient derrière elles des enfants endormis. Des hommes, pas rasés, en bermudas, s'échangeaient les quotidiens du jour et regardaient certains des leurs qui revenaient, fatigués mais glorieux, d'une partie de tennis dont ils ne feraient grâce d'aucun détail.

Laure avait retrouvé toute sa vivacité et commentait ces apparitions successives. Elle en était à recenser les dégâts causés par les coups de soleil, quand Jeanne l'interrompit.

– A propos de soleil, tu devrais en prendre le plus possible.

Ce conseil, pourtant anodin, troubla Laure. Quelque chose dans la voix de Jeanne annonçait que ces paroles n'étaient qu'un début et que ce qu'elle avait à lui dire était d'une tout autre importance.

Alors elle pensa à Caraes et s'étonna de l'avoir oublié. Il n'avait pas téléphoné. L'idée saugrenue l'assaillit que peut-être il l'avait fait et que c'était Jeanne – par une mauvaise manipulation de la standardiste – qui avait reçu la communication.

Mais si cela se révélait exact, pourquoi Jeanne ne l'avait-elle pas appelée, pourquoi ne lui en avait-elle pas parlé immédiatement ?

Avait-elle un message délicat à transmettre ? Était-elle chargée d'une mission embarrassante ?

Laure en était là dans ses pensées quand Jeanne lui tendit un croissant qu'elle avait beurré à son intention.

– Mange, dit-elle, tu as mauvaise mine et tu es trop maigre.

Laure repoussa le croissant et se resservit une tasse de café noir.

– C'est pour cela que tu me conseilles de prendre le soleil ?

Jeanne acquiesça avec gravité. Elle paraissait toujours préoccupée, Laure tenta de plaisanter :

– Et mon fragile teint de blonde, qu'est-ce que tu en fais ?

– Je te passerai de l'écran total.

Devant l'air ahuri de Laure, Jeanne expliqua, soudain très technique :

– Si je n'utilise pas d'écran total, j'ai des taches brunes... le fameux masque des femmes enceintes...

Elle caressa furtivement son ventre et ajouta, émue :

– Il bouge, tu sais...

Puis, à nouveau, elle se tourna vers son amie et d'une voix tendre et ferme lui répéta qu'elle la trouvait fatiguée et que cette mauvaise mine l'enlaidissait. Son insistance finit par assombrir Laure.

– J'ai bien peur que cette mauvaise mine dont tu parles ne soit rien d'autre que mon visage de femme de trente-sept ans... J'ai pris un coup de vieux, voilà l'explication.

Jeanne éclata de rire.

– Si, si, insistait Laure, un coup de vieux... D'ailleurs je commence à avoir des cheveux blancs... Regarde sous ma frange...

Toujours hilare, Jeanne se boucha les oreilles. Laure se replia dans un mutisme offensé. Jeanne, alors, lui prit la main.

– Que tu es bête, tu as encore l'air d'une jeune fille... Alors que moi qui vais sur mes trente-neuf ans et Jean sur quarante en octobre...

Elle ne termina pas sa phrase et réfléchit un court instant...

– Ce que je voulais te dire, c'est que la vie que tu as menée ces derniers mois t'a fatiguée... Douze jours de vacances au soleil et tu seras une autre personne!

L'arrivée soudaine de Jean, une raquette de tennis à la main, procura à Laure une diversion inespérée. Elle craignait en effet que la discussion ne débouchât sur sa rencontre avec Caraes. Elle savait que son amie désapprouvait cette histoire. Non pas qu'elle le jugeât indigne ou inintéressant – Jeanne ne le connaissait pas – mais il était marié et père d'un petit garçon, situation qui, à son avis, ne pouvait que faire souffrir Laure. Jeanne, en plus, avait une conviction : un homme qui trompait sa femme pouvait tout aussi bien tromper sa maîtresse, ses collaborateurs les plus proches, et même son boucher.

Quant à Jean, il avait choisi d'ignorer la vie amoureuse de leur amie dont il disait, par dérision – mais aussi parce que cette idée le charmait –, qu'elle était une aventurière.

– Pomme n'est pas réveillée?

Laure lui narra ses infructueuses tentatives pour la faire se lever et Jean s'énerva: sa fille se trouvait dans un endroit paradisiaque, il lui offrait les plus belles des vacances, et tout ce qu'elle trouvait à faire c'était dormir.

Jeanne intervint, soudain violente :

– Pomme a pris la déplorable habitude d'émerger vers midi... Vous verrez comme ça va être difficile de la faire venir sur la plage...

– Si c'est comme ça, je la renvoie illico à Paris chez sa mère, dit Jean en avalant, rageur, les deux tiers d'un croissant.

Il s'étouffa et Jeanne, à nouveau rieuse, dut lui taper dans le dos et lui faire boire une gorgée de thé. Laure fit semblant de compatir à son malheur et promit de lui envoyer Pomme dans les dix minutes.

– Sinon, ça va très mal commencer, ces vacances, lui cria Jean tandis qu'elle s'éloignait en direction de l'hôtel.

Pomme dormait toujours, roulée en boule et entortillée dans le drap. Son visage pâle, parsemé de taches de rousseur, reflétait un plaisir qui émut Laure. Elle se rappelait qu'à l'âge de Pomme dormir le matin était pour elle un bonheur dont elle ne se lassait pas et qui décourageait ses parents. Sa cousine, elle aussi, dormait. Mais d'un sommeil si dense, si farouche, que rien ni personne ne pouvait, pendant les vacances ou les jours de congé, la faire se lever avant l'heure du déjeuner.

Sa cousine. Sa brune et délicate petite cousine qui allait d'école religieuse en cours privé, souffrant d'être une mauvaise élève, honteuse de son incapacité à s'intéresser à quoi que ce soit. Laure, qui passait ses journées à lire, avait essayé, pendant des années et par tous les moyens, de lui faire partager ses passions. Ainsi, d'été en été, elle lui avait lu, à haute voix, couchée dans l'herbe ou assise à califourchon sur le rebord d'une fenêtre, *Le Mystère de la chambre jaune, Le Parfum de la dame en noir, Les Hauts de Hurlevent* et *Le Moulin sur la Floss.* Sa cousine l'écoutait en tortillant, songeuse, une mèche de cheveux.

Une plainte l'arracha à ses souvenirs. Pomme s'agitait, en proie à un cauchemar.

– Pomme, jolie petite Pomme, appela Laure.

L'adolescente frémit mais ne répondit pas. Laure s'agenouilla près d'elle et continua d'une voix qu'elle espérait persuasive :

– Je sais que tu ne dors plus, que tu fais semblant... ton nez bouge...

– Menteuse, marmonna Pomme en enfouissant sa tête sous l'oreiller.

– Comme tu veux... Mais ton father est furieux, et c'est lui qui montera te chercher si tu n'es pas en bas dans cinq minutes.

Ces paroles eurent sur la dormeuse un effet immédiat. Elle attrapa son short et, profitant d'un moment où Laure lui tournait le dos, sortit du lit. Mais Laure l'observait dans le miroir au-dessus du lavabo.

– Asperge-toi le visage et brosse-toi les dents, ordonna-t-elle.

– Après.

– Non, tout de suite.

Pomme obéit en bougonnant. Elle allait sortir quand elle avisa un soutien-gorge noir que Laure avait oublié sur une chaise. Elle s'en empara.

– Tu me le prêtes ? demanda-t-elle d'une voix adoucie par la convoitise.

– Tu portes des soutiens-gorge ?

Pomme, très fière, fouilla dans son sac de voyage et sortit un soutien-gorge rose à pois blancs qu'elle agita sous le nez de Laure.

– Je te le passe en échange du tien, d'accord ?

– On verra... Mais file, j'entends ton père qui monte...

Pomme détala.

– Si vous croyez que vous me faites peur, vous autres les vieux, cria-t-elle du couloir.

Laure ramassa les soutiens-gorge que l'adolescente, dans sa fuite, avait jetés à terre, puis se laissa tomber sur son lit.

Sa bonne humeur s'était dissipée, à nouveau elle se sentait effrayée par la perspective des douze jours dans cet hôtel. Elle regarda sa montre qui indiquait dix heures trente. Elle pensa que Caraes devait être à sa table de travail en train d'écrire le scénario qu'il s'était juré de terminer pour la fin du mois. A moins qu'il ne se soit couché tard et qu'il ne dorme. Car Caraes aimait déambuler la nuit, de bar en bar, de café en café, à la recherche de quelque chose que lui, comme elle, ignorait. Elle calcula que cela faisait deux jours qu'ils ne s'étaient pas parlé au téléphone et eut brusquement peur qu'il ne l'oublie. Alors, elle se raconta la dernière heure qu'ils avaient passée ensemble. Il lui avait dit qu'il était triste de la quitter et qu'il tenait à elle très fort. Il lui avait encore suggéré qu'il allait modifier sa vie de manière à la voir davantage.

Un petit grattement dans le bois de la porte la fit se redresser. Jeanne, du couloir, la prévenait qu'elle descendait à la plage et lui proposait de l'accompagner. Laure hésita : il était encore tôt et Caraes pouvait penser que c'était une bonne heure pour la joindre. Suivre Jeanne risquait de lui faire rater l'appel tant désiré. Mais rester à attendre que son ami, là-bas à Paris, se décide, lui parut dangereux : avec des habitudes de ce genre, elle allait inévitablement gâcher ses vacances. Elle cria donc à Jeanne de l'attendre sur la terrasse et enfila à toute vitesse un maillot de bain.

Dans le vestibule, elle croisa Pomme, l'air excédé, qui remontait vers le premier étage. Son père la suivait et la sermonnait.

– Va lire dans ta chambre, si tu y tiens, mais sois sur la plage à midi, et à onze heures trente au tennis où je te ferai faire quelques balles.

Laure attendit que Jean se fût éloigné pour attraper Pomme par le bras.

– Si on me téléphone, dis de rappeler à l'heure du déjeuner, dit-elle sur un ton faussement léger.

Pomme promit.

– Et prends le message s'il y en a un.

Pomme regarda sa grande amie avec ironie et compassion, et promit encore.

Laure la laissa partir avec un sentiment de soulagement qui fut, hélas, de courte durée : elle venait de se souvenir que Pomme avait pris l'habitude d'avoir en permanence un walkman sur les oreilles. Elle allait la rappeler pour la prier de ne pas s'en servir quand elle s'entendit héler. C'était Jeanne qui l'attendait et qui s'impatientait.

– J'arrive, j'arrive, cria Laure à regret.

Les deux amies s'engagèrent dans la pinède, en direction des plages. Jeanne expliquait qu'il y en avait une avec du sable fin et blanc et une avec du sable noir. Sur la première, on pouvait louer des planches à voiles.

– Jean aimerait en faire. Il se débrouille très bien, tu sais, dit-elle.

– Ah, oui ?

Laure se força à écouter les exploits sportifs de Jean que Jeanne, maintenant, racontait avec enthousiasme. Elle pensait que Jean avait de la chance d'être aimé par quelqu'un comme Jeanne. Jeanne non seulement discernait ce qu'il y avait de meilleur en lui, mais savait, en plus, rire de ses défauts et de ses maladresses. Laure pensa encore que celui qu'elle considérait comme le grand amour de sa vie, Thierry, l'avait aimée comme Jeanne aimait Jean, et qu'elle avait éprouvé, pendant les cinq années de leur histoire, un sentiment de confiance qu'elle ne retrouverait sans doute jamais.

– Alors, d'accord pour la plage blanche ? proposa Jeanne.

– Va pour la plage blanche !

Laure se déchaussa. Il était encore tôt, les semaines précédentes avaient été fraîches et le sable lui parut presque froid. Jeanne qui portait des sandales en plastique avançait d'un bon pas le long de l'eau et chantonnait un air à la mode. Un grand chapeau de paille protégeait son visage du soleil, chapeau qui avait appartenu à la grand-mère de Laure, morte deux ans auparavant.

– A quoi penses-tu ? demanda Jeanne.

Elle s'était immobilisée au bout de la plage et installait sur le sable une grande serviette couleur lavande.

– A ce chapeau de soleil... Imagine un peu... Entre les deux guerres, il a dû se balader à Deauville, à Monaco...

– Tu ne regrettes pas de me l'avoir donné ?

Laure sourit et étala à son tour une serviette près de celle de son amie.

– Parce qu'il est très vieux, ce chapeau, très usé, il risque de finir ici...

– Eh bien, ce sera une belle fin.

Autour d'elles, il y avait peu de vacanciers. Quelques mères surveillaient de très jeunes enfants, des bébés pour la plupart. Certaines avaient les seins nus, d'autres pas. Jeanne se dégagea du paréo qui la recouvrait et apparut vêtue d'un tout petit slip.

Laure se déshabilla à son tour et après une courte hésitation enleva le haut de son maillot de bain. Jeanne la regardait faire, un peu soucieuse.

– Tu es trop maigre, dit-elle.

– Tu me l'as déjà dit.

– Et très blanche. Il va falloir que tu fasses attention les premiers jours.

Laure sortit de son sac trois tubes de crème qu'elle aligna sur sa serviette.

– Je suis parée : protection huit pour aujourd'hui et demain, protection quatre pour les autres jours...

Jeanne écoutait avec un air gourmand que Laure connaissait bien : il suffisait que l'une d'elles ait un nouveau produit de beauté pour que l'autre, immédiatement, l'essaye.

– Et celui-là ? demanda Jeanne.

– Antirides solaire. Indispensable.

– Prête-le-moi.

Elle s'en barbouilla le visage puis s'allongea sur sa serviette, son livre et ses lunettes à portée de la main. Laure, encore debout, hésitait entre l'imiter et aller se baigner. La deuxième solution lui parut meilleure, elle se dirigea, résolue, vers le bord de l'eau.

– Quel courage! commenta Jeanne qui s'était redressée pour suivre les faits et gestes de son amie.

Laure entra dans la mer et frissonna : l'eau était si froide qu'elle se serait crue en Bretagne.

– Comment est-elle ? criait Jeanne dans son dos.

– Glacée !

– Alors reviens te réchauffer au soleil !

Mais Laure, engagée jusqu'à la taille, était en train de prendre une série de bonnes résolutions : elle nagerait sur le dos, puis sur le ventre, de manière à faire travailler tous les muscles de son corps. Au début, elle compterait jusqu'à cent et augmenterait graduellement pour arriver jusqu'à cinq cents, mille peut-être. Elle attaqua en grenouille.

– Une, deux...

Sur la plage, Jean et Pomme avaient rejoint Jeanne et tous trois la regardaient évoluer en lui hurlant des encouragements. Quand elle sortit de l'eau, Jean eut un sifflement d'admiration.

– Mais c'est qu'elle est belle, notre camarade! dit-il, sincère.

Laure rougit de plaisir et se mit à plat ventre pour cacher ses seins nus. Sa pudeur amusa Jean. Il se moqua un instant de ce qu'il appelait « ses manières de jeune fille élevée au couvent des Oiseaux ». Puis, lassé par ce jeu, il lui proposa, ainsi qu'à Jeanne, de l'accompagner faire de la planche à voile. Elles refusèrent, il s'adressa à Pomme.

– Non, répondit l'adolescente qui était assise tout habillée sur le paréo de Jeanne et qui mâchait avec application du chewing-gum.

Jean fronça les sourcils, haussa les épaules et s'en alla, sans insister davantage, vers la partie de la plage où se louaient les planches à voile.

Jeanne attendit qu'il se fût éloigné pour exprimer son mécontentement.

– Tu n'es pas gentille avec ton père. Il se donne du mal pour t'offrir de merveilleuses vacances et toi tu refuses tout ce qu'il te propose.

– Je ne vois pas pourquoi je serais obligée de faire tout ce qu'il fait, protesta Pomme.

Elle portait de grandes lunettes de soleil qui lui dissimulaient les yeux et contribuaient à rendre son visage maussade et hostile.

– Tu as l'intention de rester habillée? demanda Laure.

– Parce que si c'est ton intention, tu peux prendre un train et rentrer à Paris, compléta Jeanne de plus en plus exaspérée.

Pomme regarda tour à tour les deux jeunes femmes, fronça les sourcils et haussa les épaules exactement comme l'avait fait son père quelques minutes auparavant. Puis, lentement, elle entreprit de se dévêtir. Elle portait, sous sa chemise, un maillot de bain une pièce, d'un mauve délavé, qui lui montait jusqu'au cou.

– Presque un passe-montagne... commenta Laure.

– La culotte de ton vieux deux-pièces pourri n'est pas mieux! riposta Pomme d'une voix stridente.

– Pomme! hurla Jeanne.

L'adolescente sursauta. Elle savait que Jeanne, sous son apparente douceur, était capable de terribles colères.

– Pomme, que ce soit bien clair : tu ne traites pas Laure comme si c'était ta copine de classe. Tu lui dois le respect ainsi qu'à moi et à ton père. Vu?

– Vu.

– Très bien, alors va te baigner.

Pomme eut une grimace de dégoût et désigna la mer.

– Elle doit être froide... Personne ne se baigne...

– Bien sûr que si... Laure l'a fait.

– Tu y retournerais avec moi? demanda l'adolescente à Laure qui se séchait au soleil.

Mais la jeune femme avait fermé les yeux et paraissait dormir. Pomme, alors, poussa plusieurs longs soupirs qui restèrent sans effet.

– Jeanne? appela-t-elle de sa voix la plus suave.

– Hum?

– Tu viens te baigner avec moi?

– Je lis.

Pomme, ne sachant plus quel argument employer, resta quelques minutes silencieuse, occupée à se ronger les ongles. Puis, prise d'une soudaine frénésie, elle se laissa tomber en arrière et enchaîna une série de roulades.

– Que tu es assommante à ne pouvoir jamais rester tranquille! dit Laure brutalement aspergée de sable.

– C'est vous qui êtes assommantes! Vous papotez entre vous sans vous occuper de moi et quand j'arrive vous vous plongez dans un bouquin ou vous dormez!

Laure et Jeanne, en même temps, avaient relevé la tête et contemplaient, surprises, cette colère à laquelle elles ne s'attendaient pas. Pomme, consciente de son avantage, poursuivait, vibrante incarnation de la révolte :

– C'est pas drôle pour moi de me retrouver seule avec trois grandes personnes!

Les deux amies se concertèrent du regard, plus disposées à l'envoyer au diable qu'à lui donner raison. Jeanne, la première, eut pitié.

– D'accord, je vais aller me baigner avec toi, dit-elle.

– Et ensuite, nous irons sur les rochers, compléta Laure.

Jeanne se leva avec difficulté. Son gros ventre et ses seins lourds attirèrent l'attention de deux petits garçons qui la regardèrent passer, pétrifiés. Leur mère leur expliqua qu'il s'agissait là d'une femme enceinte et eut, pour Laure, quelques mots polis à propos de la douceur de l'air et de la beauté du paysage. Laure répondit de même et, de peur que cette conversation ne s'éternise, sortit de son sac un gros livre. Elle négligea le résumé du début et commença à lire. Dès les premières pages, elle sut qu'elle allait adorer ce roman, qu'il allait l'emporter au loin des heures durant, trois jours peut-être. Un sentiment de bonheur l'envahit. Elle avait eu raison d'accepter l'invitation de ses amis, raison de penser qu'une séparation les rapprocherait, Caraes et elle, raison de paresser au soleil.

Mais une volée de sable mit fin à son plaisir : Pomme était de retour.

– Où est Jeanne? dit Laure.

– Elle arrive.

Jeanne, en effet, sortait à son tour de l'eau. Elle désignait son ventre et riait aux éclats.

– Tu m'as vue faire la planche?

– Non.

– Avec mon ventre qui pointait hors de l'eau, j'avais l'air d'une brioche!

Elle rit à nouveau et s'aperçut que les deux petits garçons, malgré les recommandations de leur mère, avaient interrompu la construction d'un château de sable pour mieux la dévisager. Elle leur fit un clin d'œil et les contempla un instant, rêveuse et attendrie. Puis elle s'étendit sur sa serviette, les jambes largement ouvertes, les mains posées à plat sur ses seins. Elle irradiait un tel bonheur que Laure, troublée, se détourna. Son propre corps lui parut, par comparaison, si terne, qu'elle éprouva le besoin de s'éloigner, momentanément, de celui de son amie. Pomme, fort à propos, réclamait sa promenade.

– Soyez sages et ne vous chamaillez pas trop, leur recommanda Jeanne d'une voix ensommeillée.

Laure remit sa chemise et suivit l'adolescente vers le bout de la plage, là où commençaient les rochers. Elle était pieds nus et avançait avec prudence, tandis que Pomme, chaussée de sandales en plastique rose à paillettes argentées, bondissait, agile, aérienne.

– Tu devrais t'en acheter, affirmait-elle. C'est beau et on peut marcher sur n'importe quoi. Même sur des vives et des oursins.

Laure approuva distraitement.

– Tu crois que ça m'irait un maillot de bain deux pièces? continuait Pomme.

– Humm.

– Vraiment, tu crois?

– Humm.

– Et une robe comme ta bleu ciel, ça m'irait aussi?

– Oui.

– Tu me la prêteras ?

– Ouille !

Laure venait de se cogner le pied contre la pointe d'un rocher et sautillait sur une jambe, en gémissant. Pomme, insensible à sa douleur, lui énumérait tous les vêtements qu'elle aimerait lui emprunter. Son bavardage était si joyeux que Laure renonça à la faire taire comme elle en rêvait depuis le début de leur promenade. Elle s'assit sur une roche et se massa la cheville, attirée par les voiliers qui croisaient au large. Une goélette avançait, poussée par le vent. Elle pensa que Thierry devait naviguer le long des côtes d'Irlande et le désir lui vint soudain qu'il débarque et qu'il l'enlève.

– Un bermuda, ça fait de plus jolies jambes qu'un short ? questionnait Pomme.

Laure secoua la tête. Elle savait qu'un enlèvement ou tout autre exploit de ce genre appartenait au passé. Il ne fallait pas qu'elle y songe trop souvent, sous peine de jeter sur son histoire avec Caraes une ombre chagrine et dangereuse.

– Tu viens de dire oui ou tu viens de dire non ?

– Hein ?

– Un bermuda, reprit patiemment Pomme, ça me ferait...

Mais elle n'acheva pas sa phrase et poussa un hurlement :

– Papa !

De son doigt tendu, elle désignait Jean, sur sa planche à voile, qui filait en avant de la goélette. Il allait très vite et avait une étrange position courbée que Laure s'expliquait mal.

– Papa ! papa ! criait Pomme en agitant les bras.

Jean dut l'entendre, car il eut un mouvement d'épaules dans sa direction qui faillit le faire chavirer. Il se rétablit de justesse et reprit sa course vers le large non sans crier, à son tour, quelque chose que ni Laure ni Pomme ne comprirent.

– Rentrons raconter à Jeanne comme papa est calé, dit l'adolescente au comble de l'excitation.

Elle fit demi-tour, suivie par Laure.

– Tous les autres planchistes restent dans la baie... Papa, lui, a osé sortir.

– Tu vois qu'il a des qualités, ton father.

Pomme en convint. Laure jugea le moment bien choisi pour lui rappeler à quel point son père était un être rare. Elle évoqua ses talents de comédien, sa générosité. Elle en était à vanter sa façon de cuire le pot-au-feu quand Pomme lui coupa la parole.

– Regarde!

Un zodiac faisait son apparition dans la baie. Il remorquait une planche à voile. A l'intérieur se trouvaient Jean et le maître nageur.

Laure éclata de rire.

– La journée commence bien! dit-elle.

Puis, devant la mine perplexe de Pomme :

– Ton père est allé trop loin... A cause du vent, des courants, il n'a pas pu revenir et le maître nageur a volé à son secours...

– Il va être d'une humeur massacrante, dit Pomme en bâillant.

Elle avait repris son air las et maussade et Laure crut bon de la chapitrer : il ne fallait pas qu'elle profite de cet incident pour se moquer de Jean, ni même qu'elle lui fasse part d'une quelconque déception.

– Pour qui me prends-tu? répondit Pomme avec dignité.

– Mademoiselle Laure, on vous demande au téléphone.

Laure se leva précipitamment de sa chaise et renversa sur Pomme le contenu de son verre de vin. Cela faisait maintenant trois jours qu'elle était sur l'île, trois jours durant lesquels elle avait attendu cet appel qui la surprenait enfin alors qu'elle était en train de dîner avec ses amis. Elle entendit, dans son dos, les protestations indignées de Pomme et le rire moqueur de Jean. Elle voulut se retourner pour s'excuser et se cogna contre deux petites filles qui jouaient avec un caniche nain, à même le sol carrelé de la terrasse. Elle en releva une, demanda pardon à l'autre et atteignit l'étroit cagibi où se trouvait le téléphone. Elle décrocha.

– Allô ? s'impatientait la voix.

– Allô ? murmura Laure faiblement.

– Allô ? Lolo ?

Laure eut un gémissement : au surnom dont on venait de l'affubler, elle comprit que son interlocuteur n'était pas Caraes mais Christian, son ami le plus cher, son complice préféré, celui avec qui elle passait l'essentiel de son temps.

– Allô ! Allô ! s'énervait la voix, qui après quelques secondes de silence émit une série de jurons à l'adresse des installations téléphoniques vétustes de certains hôtels du midi de la France, jurons qui tirèrent Laure de sa torpeur.

– Christian, oh ! mon Christian ! dit-elle.

– Lolo, enfin !

– Que je suis contente de t'entendre !

Elle s'apprêtait à lui confier à quel point elle dépérissait loin de Paris où il se trouvait ainsi que Caraes, mais un sentiment de honte l'en empêcha. La journée passée en mer, avec ses amis, avait été particulièrement réussie : Jean avait loué une barque à moteur, ils avaient navigué jusqu'au phare, à l'autre extrémité de l'île. Vraiment, il n'y avait pas de quoi se plaindre.

– Tu passes de bonnes vacances ? demandait Christian.

– Oui, admit-elle.

– Quel enthousiasme !

Laure se sentit obligée d'affirmer qu'elle était contente, qu'il faisait un temps splendide et qu'elle se félicitait d'être là plutôt qu'à Paris. Mais la pensée que Caraes s'y trouvait et ne s'était pas encore manifesté la traversa, douloureuse, insupportable.

– Il n'a pas téléphoné, dit-elle en changeant de ton.

– Tu es impossible à joindre... Le numéro de ton hôtel est toujours occupé...

– Occupé ? Comment ça, occupé ?

– Comment « comment ça, occupé » ?

Laure s'énerva. Elle lui répéta sa question et Christian, patient, expliqua :

– J'ai appelé plusieurs fois le matin et aux heures des repas, comme tu me l'avais conseillé... La ligne est toujours occupée...

Laure sentit que son corps tout entier se détendait. Elle faillit en lâcher le téléphone.

– Lolo, Lolo, tu ne dis plus rien ? s'inquiétait Christian.

– Oh, si !

Et Laure lui expliqua à quel point le silence de Caraes l'avait tourmentée et comment l'explication qu'il venait de lui donner l'apaisait. Mais un nouveau motif d'inquiétude la fit s'interrompre.

– Qu'est-ce qu'il y a encore ?

– Il y a... que je trouve... qu'il n'a pas beaucoup insisté... voilà.

– Oh, Laure ! Laure ! Laure !

– Quoi, « Laure ! Laure ! Laure ! », tu es bien arrivé à me joindre, toi, dit-elle, agressive.

Christian, calmement, se mit alors à lui énumérer les nombreuses occasions où elle s'était, pour des broutilles, de simples retards, créé d'inutiles soucis. Elle l'écouta, docile comme une enfant à qui on aurait fait la leçon, heureuse que quelqu'un, enfin, lui parle de Caraes. D'entendre son nom, plusieurs fois prononcé, était la preuve que l'homme qu'elle aimait existait et que lui aussi l'aimait, comme s'acharnait à le lui répéter Christian.

– Il va t'appeler, conclut-il avec fermeté.

Laure, confiante, le remercia et s'empressa de lui demander ce qu'elle regrettait de n'avoir pas déjà fait, c'est-à-dire de ses nouvelles. Christian s'assombrit : il avait travaillé jusqu'à l'aube pour que la revue dont il s'occupait fût bouclée à temps et celle-ci, malgré tout, avait pris du retard. Il ajouta que deux rédacteurs venaient de le quitter et qu'il lui fallait en engager d'autres. Il termina en racontant que son réfrigérateur était en panne de même que sa vie sentimentale sur laquelle, pour l'instant, il préférait ne pas s'étendre.

Quand Laure rejoignit la salle à manger, ses amis en étaient au dessert. Elle reprit sa place parmi eux et sourit à Pomme qui mangeait une glace à la pistache et qui feignait d'ignorer son retour.

Elle avait changé son sweat-shirt Mickey contre un sweat-shirt Snoopy. Laure se rappela le verre de vin renversé et lui fit des excuses.

– Ça va pour cette fois, mais je préférerais que tu ne te mettes pas dans des états pareils chaque fois que ton amoureux te téléphone, répondit Pomme, magnanime.

Laure eut un sourire un peu triste.

– Ce n'était pas mon amoureux.

– Allons bon!

Jeanne qui paraissait perdue dans une douce rêverie se tourna vers elle, curieuse et déjà compatissante.

– C'était mon ami Christian, expliqua Laure, celui qui dirige une revue de cinéma.

– Quel Christian? demanda Jean.

– Mais elle vient de le dire, papa, dit Pomme d'une voix angélique. Et caricaturant Laure : « Celui qui dirige une revue de cinéma. »

Jean paraissait étonné.

– Et l'autre, l'amoureux, celui qui a un drôle de nom, comment s'appelle-t-il déjà?

– Oh oui! Comment s'appelle-t-il? s'empressa de répéter Pomme.

Jean n'arrivait pas à allumer son cigare car un vent léger s'était levé, éteignant chaque fois ses allumettes. Il jeta, furieux, la pochette sur la table.

– Jeanne, aide-moi, trouve-moi quelque chose qui marche et rappelle-moi comment s'appelle ce type.

Jeanne lui tendit un briquet et vit que son amie paraissait très mal à l'aise. Elle eut pitié d'elle, prit son air le plus sévère et exigea des siens un peu plus de discrétion. Mais Pomme n'était pas disposée à changer de conversation.

– Ce Christian, c'est un ex-amoureux ou un futur amoureux ?

Sa curiosité était si aiguë que Laure ne put s'empêcher de rire. Pour toute réponse elle lui pinça la joue et Pomme, agacée, se rejeta en arrière. Elle heurta le bras de son père qui faillit, à son tour, renverser son verre de vin.

– Tu es impossible, gronda-t-il, si au moins tu te tenais droite à table !

Il se leva et força Pomme à le suivre. Un peu à l'écart des dîneurs, il la prit par les épaules et essaya de l'amener, par la respiration, à redresser son dos. L'adolescente se laissait manipuler sans résister, un sourire crispé aux lèvres.

– N'empêche qu'elle a raison, murmura Jeanne.

– Raison de ne pas se tenir droite ?

– Non, raison à propos de ton ami Christian.

Laure la regardait sans comprendre. Jeanne pelait une pêche et paraissait réfléchir. Elle goûta un morceau et tendit le fruit à son amie.

– J'en ai déjà mangé deux quand tu étais au téléphone... Je mange trop, je grossis plus vite que je ne devrais...

Elle se concentra quelques secondes et reprit :

– Christian et toi vous vous aimez, vous êtes tous les deux célibataires, je ne vois pas pourquoi vous n'êtes pas amoureux l'un de l'autre.

– Mais il aime quelqu'un et moi aussi, plaida Laure de plus en plus surprise.

Jeanne se renversa en arrière et fixa son amie avec une expression presque douloureuse. Laure devina qu'elle n'osait pas, de but en blanc, évoquer l'existence de Caraes mais que c'était à cela que tendait son discours.

– Il aime quelqu'un et moi aussi, redit Laure en détachant soigneusement les mots les uns des autres.

– Et si vous y mettiez davantage de bonne volonté ?

Laure ne put s'empêcher de rire.

– Oh, Jeanne, l'amour n'est pas une question de bonne volonté !

– Si.

– Vraiment ? Tu es sûre ?

Elle lui désigna Jean qui s'affairait à redresser le dos de sa fille.

– Tu es sûre que toi et Jean, c'est une question de bonne volonté ?

Mais elle n'écouta pas la réponse de Jeanne et se passa à plusieurs reprises la main dans les cheveux.

– Mon Dieu, pourquoi ne téléphone-t-il pas ? dit-elle d'une voix subitement altérée. Pourquoi ? Pourquoi ? Pourquoi ?

– Les filles, demain vous ne me voyez pas, vous ne me dérangez pas... Je travaille mon texte.

Jean se tenait en haut de l'escalier dans une pose volontairement pathétique.

– En fin de journée, je vous raconterai ce que j'ai perçu du théâtre élisabéthain, je vous parlerai de Marlowe et de Shakespeare. Car, voyez-vous, ce qui différencie mon personnage de... mettons, Othello ou Richard III, c'est...

Jeanne bâilla.

– Demain, dit-elle.

Elle glissa son bras sous celui de Jean, tenta de l'entraîner plus avant dans le couloir. Il se dégagea et se retourna vers Laure qui les suivait en bâillant de façon ininterrompue.

– Redescendons boire un verre, je t'expliquerai en quoi mon personnage est tout à fait à part dans le théâtre de Shakespeare.

Laure, prise de court par cette proposition, ne savait que répondre. Jeanne vola à son secours.

– Le bateau nous a tous épuisés... Viens te coucher, mon amour.

Elle colla son corps contre celui de Jean et le poussa centimètre par centimètre vers leur chambre. Jean l'enlaça à son tour.

– Laure aimerait peut-être que je lui parle de Shakespeare devant un bon armagnac, répondit-il en lui embrassant tendrement les lèvres.

– Bien sûr que non, Laure s'en fiche complètement de Shakespeare, dit Jeanne en lui rendant son baiser.

Ils se tenaient serrés l'un contre l'autre dans le couloir, indifférents aux clients de l'hôtel qui regagnaient leurs chambres. Leur jeunesse et leur beauté les rendaient si sympathiques que le vieil Anglais, qui était leur voisin de palier, leur adressa un jovial « good night ».

– Good night, répondit Laure à leur place.

Elle regagna sa chambre, pressée de se coucher. Elle se sentait inquiète, incertaine. Elle savait tout le mal que Jeanne pensait de son histoire avec Caraes et l'idée que c'était peut-être elle qui avait raison l'épouvantait. Alors elle pensa que cette histoire était finie et que Caraes attendait son retour pour le lui annoncer. Cela expliquerait son silence, silence auquel elle ne voyait tout à coup plus d'autres raisons que celle-ci, tragique, brutale.

Pomme, déjà couchée, un roman de Jack London à la main, lui demanda si elle était malade. Laure faillit répondre que oui mais ne le fit pas. Elle alla près du lavabo, se passa de l'eau sur le visage. Ses yeux, dans le miroir, reflétaient une terreur qu'elle reconnut d'emblée. C'était une terreur d'enfant. Terreur qu'elle avait parfois vue chez elle, mais surtout chez sa douce et brune petite cousine. Un frisson la parcourut. Sa cousine et elle s'étaient aimées puis séparées alors qu'elles avaient l'une et l'autre seize ans. La vie, après, ne les avait que très rarement réunies et toujours dans un contexte familial que Laure avait plutôt coutume de fuir. Elles s'étaient croisées à la fin de l'hiver, lors d'un repas de fiançailles. Laure avait remarqué que sa cousine, délaissant son mari et ses deux enfants, s'était réfugiée dans un coin du salon. Elle avait dans le regard cette terreur que Laure lui avait connue jadis. Mais Laure, égoïste et indifférente, s'était enfuie sans même prendre le temps de lui dire quelques mots ou plus simplement encore de l'embrasser.

Ce soir-là, Caraes l'attendait dans un bar de Montparnasse et cela seul comptait. Ce ne fut que quinze jours plus tard, quand on lui annonça que sa cousine s'était tuée dans un accident de voiture, qu'elle se rappela l'éclat douloureux des yeux noirs.

– Moi aussi, je ne me sens pas bien, dit Pomme.

Elle avait oublié sa pudeur et se présentait nue à son amie. La partie de son corps protégée par le maillot de bain était éclatante de blancheur, mais ses bras, ses épaules et ses jambes étaient d'un rose inquiétant.

– Coups de soleil, diagnostiqua Laure, soulagée de retrouver des problèmes aussi bénins.

Elle fit allonger Pomme sur son lit et la massa avec une crème apaisante. Puis elle la borda et se déshabilla à son tour. Pomme la regardait faire.

– Tu es très mince, mais on a l'impression que c'est mou, dit-elle soudain.

– Comment ça, « mou » ?

– Mou... sans muscles...

Laure enfila rapidement sa chemise de nuit.

– Dis donc, toi...

Le ton de sa voix était si sec que Pomme se dépêcha d'ouvrir son livre et de se concentrer sur un nouveau chapitre.

– Si on ne peut plus rien te dire...

Laure, blessée, ne savait quelle attitude adopter. Elle hésitait entre lui décocher, à son tour, une perfidie bien choisie et la faire s'expliquer davantage. Elle aurait aimé grimper sur la chaise pour examiner son corps dans le miroir qui se trouvait au-dessus du lavabo. Mais il y avait Pomme qui la surveillait, embusquée derrière *Croc-Blanc*.

– Je n'ai pas dit que tu étais moche, dit celle-ci prudemment.

– Trop aimable.

Laure n'avait plus envie d'échanger quoi que ce soit avec Pomme. Elle prit son livre et vit avec tristesse qu'elle approchait de la fin. Cela faisait trois jours qu'elle le lisait, trois jours durant lesquels elle avait attendu en vain un appel de Caraes.

– Assez! cria-t-elle en donnant un coup de poing dans son oreiller et en jetant à terre l'espèce de duvet qui lui tenait lieu de couverture.

Pomme, dans le lit jumeau, sursauta.

– Qu'est-ce que j'ai encore fait? dit-elle.

Laure haussa les épaules, décidée à l'ignorer. Elle ouvrit son livre, le referma. Sur le mur, juste au-dessus de ses pieds, le téléphone attirait irrémédiablement ses regards. Cette vision l'exaspéra tant qu'elle décréta qu'il était l'heure de dormir. Pomme ne s'y opposa pas et elle éteignit la lumière.

Dans l'obscurité, Laure garda les yeux ouverts, à l'affût des bruits qui montaient de la cour. Un groupe d'Allemands y buvait un dernier verre et profitait de la fraîcheur de la nuit.

– Tu es triste? demanda soudain Pomme.

– Oui.

– A cause de ton amoureux?

– Oui.

– Il n'a pas téléphoné?

– Non.

Laure sentait monter en elle une envie de pleurer qu'il lui fallait à tout prix contenir. Elle se tourna et se retourna dans son lit à la recherche d'une position plus agréable. Elle finit par dire, avec une désinvolture exagérée destinée à tromper Pomme :

– Ça va aller, t'inquiète pas. Un de perdu, dix de retrouvés...

– Bien sûr, mais...

Pomme hésitait, cherchant ses mots.

– ... mais, est-ce que je peux te poser une question?

Laure émit un grognement qui n'était ni un oui ni un non, mais qui suffit à sa petite amie.

– J'aimerais savoir comment s'appelle ton nouvel amoureux, dit-elle d'une traite.

– Jacques.

– Jacques comment?

– Jacques Caraes.

Pomme eut un sifflement d'admiration.

– Caraes, comme une caresse ?

– Non, ça se prononce comme caresse, mais ça s'écrit CARAES.

Pomme était impressionnée.

– C'est joli.

– C'est breton.

Elles rirent en même temps et Laure sentit à quel point elle avait envie de parler de Caraes, de raconter leur rencontre.

Cela se passait lors d'une visite organisée des châteaux de la Loire où un ami commun les avait l'un et l'autre entraînés. Dans une certaine chapelle dont elle avait oublié le nom, il avait posé sa main sur son poignet, la retenant ainsi à l'écart des visiteurs. Son geste, possessif mais très doux, l'avait troublée et elle était restée à écouter ses vagues explications sur la composition des vitraux. De retour à Paris, il lui avait aussitôt téléphoné. Ils s'étaient revus une heure, le temps de boire un verre de vin dans un café de la rue de Rivoli.

– Mais je devais partir en province, alors, tu sais ce qu'il a fait ?

Un imperceptible grognement lui répondit.

– Pomme ? appela Laure en haussant la voix.

N'obtenant pas de réponse, elle se pencha vers le lit jumeau. Pomme, nue, un oreiller collé sur le ventre, dormait d'un sommeil profond qui allait la mener jusqu'au matin.

– Quelle barbe, Pomme, moi qui avais envie de tout te dire !

Le lendemain matin, quand Laure ouvrit les volets, elle vit un ciel chargé de nuages. Elle s'en réjouit : un temps gris calmerait ses coups de soleil et serait plus en accord avec son chagrin si Caraes, par malheur, n'appelait pas.

– Ohé !

Jeanne, sous sa fenêtre, agitait les bras. Elle s'apprêtait à prendre son petit déjeuner et encourageait son amie à la rejoindre. Dehors, il faisait frais. Laure le sentit tout de suite en traversant la cour. Les quelques vacanciers déjà levés s'étaient munis de chandails et surveillaient, inquiets, le passage des nuages. Jeanne feuilletait un quotidien régional à la recherche de la rubrique météo.

– « Cet après-midi, beau temps sur l'ensemble de la France », lut-elle à haute voix.

Elle reposa le journal et raconta son rêve de la nuit : elle avait accouché, dans une synagogue, d'un enfant noir.

– Tu y comprends quelque chose ?

– Non.

Laure se servit une tasse de café en écoutant Jeanne lui relater ce qu'elle avait appris sur les différents régimes des femmes enceintes. Jeanne, depuis leur départ en vacances, parcourait tous les livres traitant de ce sujet et ce qu'elle en retenait la rendait perplexe.

– Je ne fais pas assez d'exercice et je mange trop.

Laure, que cette conversation n'intéressait guère, lui suggéra, à tout hasard, de supprimer les tartines et les croissants. Cette proposition indigna Jeanne.

– Mais où as-tu la tête, m'enlever un tel plaisir !

Laure eut envie de lui répondre que sa tête comme son cœur étaient ailleurs, à Paris. Mais Jeanne, déjà, parlait d'autre chose. Elle calculait le temps qu'il lui faudrait pour se doucher, remplir les formulaires de la Sécurité sociale et écrire ses premières cartes postales.

– Il sera alors midi, les nuages se seront dissipés et nous pourrons aller sur la plage. Qu'en penses-tu ?

Laure approuva.

De retour dans sa chambre, elle trouva Pomme habillée et sur le point de descendre.

– Ensuite, je remonterai ici faire mes devoirs de vacances et comme je répondrai au téléphone, tu pourras aller te promener, dit-elle.

Sa bonne volonté fit sourire Laure.

– Hum, tu es bien serviable, ce matin...

Pomme s'observait dans le miroir avec une satisfaction naïve qui tranchait sur son habituelle mauvaise humeur. Elle s'était lissé les sourcils, aspergée du parfum de Laure et s'extasiait sur un tube de rouge à lèvres.

– Tu me le prêteras ?

– Oui, si tu es sage...

Transportée de joie, Pomme sauta au cou de Laure et l'embrassa.

– Je t'adore, dit-elle.

Un quart d'heure après, elle revenait en chantonnant, dans la chambre. Laure, qui s'était allongée sur son lit, la regarda, amusée, sortir de son cartable les cahiers et les livres nécessaires à ses devoirs de vacances. Pomme était une très bonne élève et l'étude comme l'école faisaient partie de ses plaisirs. Il n'en avait pas été de même pour Laure qui, à trente-sept ans, se félicitait encore d'en avoir terminé avec la rentrée des classes. Elle pensa que sa cousine devait, chaque mois de septembre, éprouver un semblable sentiment de délivrance et se rappela, alors, qu'elle n'était plus. D'avoir pu oublier, l'espace d'une seconde, la mort de sa brune et sombre cousine, la bouleversa. La vision de Pomme, attablée devant ses devoirs de vacances, lui devint alors insupportable. Elle s'enfuit.

Sur la terrasse, des jeunes gens et jeunes filles employés par l'hôtel achevaient de nettoyer les tables et d'aligner les chaises longues.

Le vieil Anglais, installé dans un fauteuil en osier, les genoux recouverts d'une légère couverture, lisait un roman d'Henry James. Quand Laure passa devant lui, il la salua d'un sonore « good morning ». Elle lui répondit, heureuse d'échanger quelques mots avec une personne étrangère.

Dans un français hésitant et imagé, il lui demanda si elle se plaisait sur l'île.

– Ce sont de merveilleuses vacances, dit-elle avec fermeté.

Il lui confia qu'il venait dans cet hôtel depuis plus de quinze ans et s'excusa : c'était l'heure de sa promenade, il la reverrait sans doute à un autre moment de la journée. Laure lui souhaita une bonne fin de matinée et remonta dans sa chambre pour y chercher un livre.

Elle y surprit Pomme, à genoux sur son lit, la main posée sur le téléphone.

– Je viens de faire une bêtise, dit-elle confuse, c'est pas ma faute...

Laure se précipita sur elle.

– C'était un appel pour toi... un homme... Caraes, je crois... J'ai voulu dire qu'on te passe la communication sur la terrasse et...

Laure la prit par les épaules et la secoua.

– Et ?

– Et j'ai fait une fausse manœuvre et j'ai raccroché. Voilà.

– Espèce de gourde, cria Laure en la repoussant brutalement vers l'autre lit.

Pomme voulut protester mais Laure, dans un accès de colère incontrôlable, lui jeta à la tête une paire d'espadrilles. Pomme roula à terre pour les esquiver et s'aplatit derrière la petite table où s'alignaient ses devoirs de vacances.

– Tu es folle, dit-elle, cherchant à faire la brave.

Cette phrase ne fit que renforcer la fureur de Laure. Elle ouvrit grande la porte de la chambre.

– Fiche le camp... dehors... sale gourde !

Pomme, pétrifiée, ne bougeait pas.

– Dehors ! hurla Laure en faisant un pas dans sa direction.

L'adolescente, terrifiée, se releva et en deux bonds fut dans le couloir. Laure l'écouta dévaler l'escalier. Elle vit alors deux enfants que ses cris avaient alertés et qui la regardaient, stupéfaits. Il lui sembla qu'eux aussi allaient se mettre à hurler.

– C'est un jeu, s'empressa-t-elle de dire.

Ils l'observèrent encore quelques secondes, indécis, puis, sans un mot, regagnèrent leur chambre. Laure fit de même. Sa colère était tombée mais elle se sentait si lasse qu'elle éprouva le besoin de s'étendre. Tremblante, au bord des larmes, elle attendait que Caraes rappelle. Mais Caraes ne rappelait pas.

– Ça va pas ?

Jeanne se tenait sur le pas de la porte, prête à partir pour la plage. Laure fit une vague grimace.

– Bouh ! Quelle frileuse ! C'est parce qu'il fait moins beau qu'hier que tu boudes ?

Trop contente d'avoir une excuse, Laure confirma. Mais son amie parut alors si désolée qu'elle changea d'avis.

Elles prirent, silencieuses, le chemin qui menait à la plage blanche. Pomme les rattrapa alors qu'elles installaient leurs serviettes sur le sable. Elle tenait à la main un bout de papier qu'elle agitait devant Laure, un méchant sourire aux lèvres.

– Tu l'as encore raté, dit-elle en laissant tomber le papier sur le sol.

Laure le ramassa et lut : « M. Jacques Caraes a téléphoné, il rappellera dans la journée. »

– Pas de veine, hein ? persiflait Pomme que la présence de Jeanne rendait téméraire.

Mais Laure avait glissé le papier dans la poche de son short et contemplait l'arrivée, près du rivage, d'un petit bateau de croisière. Une joie paisible illuminait son visage. Elle demanda à Pomme si elle connaissait le nom du bateau.

– C'est un sloop. Allons le voir de plus près.

Pomme, un peu surprise par ce changement de ton et d'attitude, consentit à suivre la jeune femme.

– Le sloop mesure dix, douze mètres et peut avoir à son bord cinq à dix passagers, expliqua Laure. Ce que tu vois sur sa droite est un dériveur, et là-bas, ce drôle de bateau qui arrive à toute vitesse, qu'est-ce que c'est ?

– Un trimaran ?

– Imbécile, c'est un catamaran.

L'adolescente se rembrunit et fit un pas de côté. Laure la prit par le bras.

– Pardon pour tout à l'heure, dit-elle dans un souffle.

Pomme se dégagea avec brusquerie. Du coin de l'œil, elle surveillait et Laure, et le ciel.

– Regarde, dit-elle enfin, les nuages s'en vont, il va faire beau.

La journée s'écoula comme s'étaient écoulées les précédentes. Laure rata deux autres appels de Caraes mais ne s'en plaignit pas : il avait téléphoné, il téléphonerait à nouveau, elle en était sûre désormais. Elle venait de se changer et s'apprêtait à descendre pour le dîner lorsque la sonnerie du téléphone mural la fit sursauter. Pomme qui se trouvait à côté eut un geste pour attraper le combiné.

– Ah non! Tu ne vas pas recommencer! aboya Laure.

Elle attendit que la porte se referme et d'une voix que l'émotion rendait méconnaissable, demanda :

– Allô? Qui est à l'appareil?

– Jacques Caraes, je voudrais parler à Laure.

– Caraes, Caraes, mon Caraes...

Pendant plusieurs minutes, ils parlèrent en même temps, ne s'écoutant pas, pressés de se dire combien ce silence de quatre jours les avait fait souffrir. Laure lui raconta ses heures d'attente, Caraes lui énuméra les nombreuses fois où il avait tenté de l'appeler et où, toujours, le numéro qu'elle lui avait donné sonnait occupé.

– Ce n'était donc que ça, dit Laure.

– Bien sûr, que voulais-tu que ce soit?

Laure se retint de lui avouer à quel point elle s'était crue rejetée et oubliée. Caraes, lui, essayait de savoir si elle s'était fait de nouveaux amis.

– Mais non, mais non, protestait Laure.

– Quoi? Pas de soupirants pour t'emmener faire un tour en mer?

– Non.

– Humm...

Elle rit de son obstination et lui posa à son tour quelques

questions sur son travail. Il lui décrivit les scènes qu'il avait écrites depuis son départ et lui exprima le souhait qu'elle les lise dès son retour. Puis il lui annonça qu'il partait pour l'Italie avec son fils et qu'il ne serait pas à Paris avant le début de la semaine.

– Je t'appellerai donc lundi.

Laure compta que cela ferait à nouveau quatre jours de silence et en fut atterrée. Mais Caraes, heureusement, lui disait à sa manière, maladroite et hésitante, qu'il s'ennuyait d'elle et qu'il commençait à trouver un peu long son séjour dans l'île. Laure lui décrivit alors la plage blanche sous la lune et son regret de ne pas pouvoir s'y trouver avec lui.

A sa question : « Est-ce que je te manque autant que tu me manques ? », il répondit par un : « Humm, humm », qui, elle le savait, était un oui. Il y eut ensuite un silence durant lequel chacun attendit de l'autre quelque chose qui ne fut pas exprimé. Caraes, comme s'il en avait trop dit, raccrocha le premier. Laure resta quelques secondes figée, étourdie.

Un craquement de plancher lui fit relever la tête : Pomme se tenait dans l'entrebâillement de la porte et l'observait.

– Oui ? demanda Laure.

– Papa te fait dire que ta coupe de champagne est servie...

Laure se brossa les cheveux et se mit du rouge à lèvres. Une gaieté soudaine la faisait chantonner et sourire à son image dans le miroir. Image qu'elle jugeait très séduisante, sans aucun rapport avec l'image entr'aperçue, dans ce même miroir, quelques heures auparavant. Pomme, toujours immobile, ne perdait rien de ses faits et gestes.

– Tout va bien ? dit-elle.

– Tout va bien.

– C'était... lui... ?

– Oui.

Laure prit un chandail et son paquet de cigarettes.

– Tu aimerais savoir ce qu'on s'est dit ?

Pomme, qui la suivait, tressaillit de contentement et Laure, à mi-voix, entonna :

– « Et la marmotte dit à l'écureuil
Depuis trois mois je n'ai pas fermé l'œil.
Marmotte vous mentez, voici venir l'été... »

– « ... Les oiseaux vont chanter dans la nature
Aimons nos pères, nos mères, la vie et le Bon Dieu
Et puis les femmes, les femmes, les femmes
Qui ont les yeux bleus! »

chantaient Laure et Jeanne à tue-tête en descendant le chemin qui menait aux plages. Comme tous les jours depuis plus d'une semaine, elles s'étaient levées tôt et avaient pris, ensemble, leur petit déjeuner. Pendant ce temps Jean jouait au tennis avec les serveurs du restaurant et Pomme, envers et contre tous, dormait. Il avait fait très beau, la mer s'était réchauffée. Laure, disciplinée, nageait le plus longtemps possible et sentait qu'elle faisait, presque malgré elle, des progrès. Son corps avait pris une teinte dorée qui provoquait la jalousie de Pomme et l'admiration de Jean.

Jeanne, elle, triomphait : ces vacances avaient ressuscité son amie et lui avaient redonné l'indispensable bonne mine. Mais pour l'instant elle s'attristait.

– Dire qu'on est lundi... C'est affreux de quitter ce paradis samedi...

Elle s'aperçut que Laure, toujours chantonnante, ne l'écoutait pas, et changea de conversation.

– La plage blanche?

– La plage noire? proposa Laure.

Jeanne fit une grimace et s'engagea dans l'étroit sentier qui menait à la plage blanche.

– Pomme m'a dit qu'il y avait des méduses...

Laure se retourna et regarda la plage noire qu'effectivement, méduses ou pas, les vacanciers paraissaient bouder.

– Mais nous n'y sommes pas allées une seule fois...

– Il nous reste cinq jours, lui cria Jeanne qui était arrivée sur la plage blanche et qui avançait, gracieuse comme une ballerine, son gros ventre moulé dans un paréo aux couleurs vives.

Quelques personnes, pour la regarder passer, se redressaient sur leurs coudes. Laure s'en aperçut et le signala à son amie. Celle-ci éclata d'un rire joyeux.

– Une baleine comme moi, tu es folle... C'est toi qui les intéresses.

– Non, c'est toi.

– Mais non... L'Italien, par exemple, il ne te quitte pas des yeux.

Jeanne lui désigna un homme d'une quarantaine d'années qui, lorsqu'elles étaient passées devant lui, leur avait fait un petit signe de la main. Il séjournait à l'hôtel avec sa femme, son fils et un couple d'amis. Leur table était voisine de celle de Laure et de Jeanne. Comme il changeait de tenue plusieurs fois par jour, portait une montre en platine et suivait assidûment les cours de la Bourse, Jean en avait déduit qu'il était un riche homme d'affaires. Laure, de son côté, avait remarqué qu'il nageait le crawl matin et soir, qu'il ne fumait pas et qu'il buvait de l'eau minérale.

– A mon avis, tu lui plais, insistait Jeanne.

– Moi, il ne me plaît pas...

– Pourquoi ?

Laure chercha les raisons qui la faisaient si peu s'intéresser au bel Italien. Elle pensa à Caraes, à son visage d'homme fatigué par l'alcool, le tabac et les insomnies et fut alors en mesure de répondre.

– Il prend trop soin de lui.

Les deux amies étaient parvenues à cette partie de la plage, près des rochers, où elles avaient l'habitude de s'installer. Elles étendirent leurs serviettes et s'y allongèrent. Jeanne contemplait, songeuse, celle de Laure qui portait le nom d'un hôtel de Saint-Malo.

– Si je me souviens bien, tu l'avais volée avec Thierry.

– Oui, nous revenions de deux jours en mer, et...

Elle ne termina pas sa phrase. Jeanne, d'ailleurs, ne se souciait plus de cet épisode lointain et cherchait, dans son sac, le roman que Laure avait terminé et qu'à son tour elle lisait.

Laure, couchée sur le ventre, put, enfin, tout à son aise, repenser au coup de téléphone matinal qu'elle avait reçu de Caraes, quelques heures auparavant. Il revenait d'Italie et l'avait appelée, à peine descendu d'avion. D'emblée, il lui avait dit à quel point elle lui manquait. Laure l'avait écouté, bouleversée. Mais à ses questions, elle s'était montrée aussi joyeuse qu'évasive. Elle lui avait caché à quel point elle s'ennuyait de lui, avait exagéré le plaisir qu'elle éprouvait à se sentir en vacances. Elle avait décrit la beauté de l'île, ses promenades en mer et les coupes de champagne, sur la terrasse avant le dîner. « Tu y retournerais avec moi ? » avait-il dit, timide, avant de lui demander quand elle pensait rentrer à Paris. Cette dernière question l'avait ravie, et elle s'en réjouissait encore trois heures après, couchée sur sa serviette-éponge. Elle avait eu la coquetterie de lui répondre qu'elle ne savait pas encore, que son retour se situerait, peut-être, aux alentours du 14 juillet. Mais maintenant sa décision était prise.

– Jeanne ?

– Humm ?

– Nous quittons l'hôtel le 13 pour aller à Avignon ?

– Humm...

Jeanne tournait les pages du roman, complètement absorbée par sa lecture. Laure remit à plus tard de lui annoncer qu'elle les quitterait le 14 juillet et rentrerait en train à Paris. A Paris où, elle en était persuadée, Caraes l'attendrait gare de Lyon. « Rendez-vous le 14 juillet, en fin d'après-midi », voilà ce qu'elle lui dirait quand elle lui parlerait de nouveau. Car Caraes, avant de raccrocher, lui avait promis de rappeler le soir même et le lendemain, et le surlendemain, et ainsi de suite jusqu'à ce qu'il la tienne dans ses bras. Laure en avait été si émue qu'elle n'avait rien su répondre et cela avait paru inquiéter Caraes. Mais d'ici quelques heures, elle saurait lui montrer à quel point elle tenait à lui. Elle se l'imagina alors l'accueillant sur le quai de la gare de Lyon. Il serait vêtu, comme à l'ordinaire, d'une veste et d'un pantalon un peu fripés et aurait peut-être négligé de se raser. Il lui prendrait le bras, la déchargerait de son lourd sac de voyage et lui parlerait de n'importe quoi pour cacher son émotion. Laure ferait de même. Ce ne serait que chez elle qu'enfin ils s'embrasseraient. A moins que ce ne soit avant, dans le taxi. Ou dans le métro.

D'évoquer leurs futures étreintes l'exaspéra. Elle s'agita sur sa serviette comme elle l'aurait fait dans un lit.

– Tu es bien énervée, qu'est-ce qui t'arrive ? demanda Jeanne.

Laure préféra mentir.

– Je pense à mon film, et j'ai peur, tout à coup, qu'il ne se fasse pas.

Jeanne referma son livre et se retourna vers son amie.

– Je ne vois pas pourquoi tu te gâcherais la journée avec de pareilles sottises.

Elle se mit debout et scruta l'autre bout de la plage, les mains en visière pour se protéger du soleil.

– Je ne vois ni Jean ni Pomme... J'espère qu'ils ne sont pas en train de se chamailler...

Laure se releva à son tour, désireuse d'aller se baigner. Elle avait calculé qu'il lui restait cinq jours de vacances et elle voulait en profiter le mieux possible. Il fallait que Caraes la trouve belle comme il ne l'avait jamais vue auparavant.

– Est-ce que je suis jolie ? dit-elle, soudain inquiète.

Jeanne, qui s'apprêtait à la suivre dans l'eau, trébucha, prise de fou rire.

– C'est de penser à ton Caraes qui te rend aussi bécasse ?

Laure se sentit rougir et baissa la tête.

– Si tu crois que je ne te devine pas, continuait Jeanne, que je ne vois pas tes mines de chatte enamourée...

Elle progressait lentement dans la mer, se mouillant peu à peu le corps, les mains, à l'écoute de son ventre.

– Il a téléphoné ce matin, dit Laure, tout va bien...

Jeanne lui sourit.

– Tant mieux.

Elles nagèrent un moment, proches et silencieuses, entre les voiliers et les barques qui mouillaient pour la journée.

D'une goélette leur parvint un appel : un grand jeune homme aux cheveux frisés les invitait à boire un pastis à son bord. Jeanne remercia avec chaleur, expliqua qu'elle ne buvait pas d'alcool et que le père de son futur enfant l'attendait.

– Vas-y, toi, souffla-t-elle à Laure.

– Toute seule ? Je n'oserais pas...

Sur le pont du bateau, l'inconnu attendit quelques instants puis, lassé, leur tourna le dos. Il héla une autre nageuse qui faisait la planche un peu plus loin.

Pendant le déjeuner, Jeanne raconta comment elles avaient failli boire l'apéritif sur un splendide douze mètres.

– C'était une goélette, rectifia Laure.

– Et alors ? Quelle différence ?

– Un douze mètres n'est pas un voilier de croisière mais un voilier de compétition.

Jean la regarda avec amitié.

– Il t'en a appris des choses, ton Thierry, dit-il.

Et se tournant vers Jeanne :

– Et toi, mon amour, est-ce que je t'ai appris quelque chose, à part les joies du sexe ?

– « Les joies du sexe », répéta Pomme incrédule.

Jeanne négligea de répondre et attaqua avec appétit le rouget qu'on venait de lui servir. Son plaisir était tel que Laure ne put s'empêcher de sourire. Jean se méprit.

– Vous devez vous en faire des confidences, toutes les deux...

– Nous ? Des confidences ? demanda Jeanne étonnée.

Pomme n'aimait pas le poisson et grignotait tous les morceaux de pain qui se trouvaient à sa portée. Son père s'en aperçut et lui en fit la remarque. Elle acheva, hautaine, celui qu'elle avait dans la bouche et fit mine de s'intéresser à autre chose.

– Comment était-il, le jeune homme du voilier ?
– Très beau : grand, mince et musclé, répondit Jeanne.
– Et bronzé ?
– Oui, bronzé.

Laure n'écoutait qu'à moitié ce qui se disait autour d'elle. Elle pensait qu'elle se trouvait en vacances dans un endroit magnifique avec ses meilleurs amis et qu'à Paris, Caraes attendait son retour.

L'idée qu'il allait la rappeler et qu'elle pourrait à nouveau lui parler la fit soupirer de bonheur.

– Je suis heureuse, dit-elle à haute voix.

Mais heureuse, elle le fut moins le lendemain et encore moins le surlendemain.

C'était jeudi soir. Laure était à moitié assise dans une chaise longue, prête à bondir à chaque sonnerie de téléphone. A plusieurs reprises déjà, elle s'était levée, certaine que c'était elle qu'on venait chercher.

Pour se donner une contenance, elle avait commandé un verre de vodka, puis un deuxième, et enfin un troisième. L'alcool lui mettait le feu aux joues et l'aidait, croyait-elle, à conserver son calme. En fait elle se rongeait les ongles, fumait cigarette sur cigarette et n'entendait même pas la proposition de promenade que lui faisait Jeanne.

– Oh oui ! Une promenade sur la plage ! approuva Pomme avec enthousiasme.

Elle avait retiré son walkman et piaffait d'impatience, excitée par la nuit, ses bruits et ses odeurs. Jean et Jeanne avaient eux aussi quitté leurs sièges et attendaient que Laure, toujours prostrée dans sa chaise longue, veuille bien se lever.

– Une promenade ? Ça te dirait ? insistait Jeanne.

Laure secoua négativement la tête. Pomme la tira par le bras.

– Viens... dit-elle de sa voix la plus câline.

La jeune femme se dégagea et se renfonça, plus profondément encore, dans sa chaise longue.

– Il fait trop froid, dit-elle en manière d'excuse.

– Je monte te chercher un chandail, proposa aussitôt Pomme.

Mais Laure l'en empêcha. Elle commanda un quatrième verre de vodka et encouragea ses amis à aller sans elle voir la lune se lever au-dessus de la mer.

– J'attends un coup de fil.

Elle avait prononcé cette phrase d'une si pitoyable façon que Jean et Jeanne s'éloignèrent de quelques mètres pour décider ce qu'il convenait de faire.

Pomme cherchait à rencontrer le regard fuyant de Laure et accusait :

– Tu es une égoïste, une méchante égoïste.

Laure ne répondit pas et avala une nouvelle gorgée d'alcool qui la fit tousser. Une main se posa sur la sienne et lui enleva le verre de vodka. C'était Jeanne, à nouveau étendue dans la chaise longue voisine de la sienne.

– Arrête de boire.

Elle lui désigna les silhouettes de Jean et de Pomme qui disparaissaient au détour du chemin, en direction des tennis.

– Finalement, ils feront une promenade en tête à tête...

Laure esquissa un demi-sourire.

– Tu restes pour me tenir compagnie ?

Jeanne haussa les épaules et commanda un tilleul-menthe. Laure alluma une cigarette au mégot de la précédente et reprit un verre de vodka. Elle en but un peu, frissonna de dégoût.

– Je n'arrive pas à savoir si j'aime ou si je n'aime pas l'alcool, dit-elle.

– Eh bien, abstiens-toi, alors, répondit Jeanne avec humeur.

Elles se turent, subitement hostiles l'une à l'autre.

Autour d'elles, comme chaque soir, les parents rappelaient à leurs enfants qu'il était temps d'aller se coucher. Une jeune femme enceinte traînait de force son petit garçon de quatre ans.

En passant devant Jeanne, elle lui demanda si elle n'avait pas été, durant ces derniers jours, incommodée par la chaleur. Jeanne lui expliqua à quel point le soleil lui était indispensable et elles se souhaitèrent une bonne nuit.

– La pauvre, n'aimer que l'Atlantique et venir passer ses vacances ici...

Elle se palpa les seins et le ventre.

– Tu crois que je suis trop grosse ? Cette dame est comme moi enceinte de six mois et...

Elle ne termina pas sa phrase. Laure venait de jeter rageusement son paquet de cigarettes roulé en boule et, ce faisant, avait renversé ce qui restait de son verre de vodka.

– J'en ai marre, marre, marre, dit-elle.

– Marre de quoi ?

– Marre qu'il n'appelle pas.

Jeanne, déconcertée par la soudaine violence de son amie, cherchait quoi lui répondre. Mais celle-ci avait hélé le serveur, commandé un autre verre et continuait ses plaintes.

– Je ne comprends pas ce qu'il veut, ce qu'il cherche. Il téléphone lundi d'Orly, tendre, amoureux. Il me dit qu'il va m'appeler tous les jours. Mardi : rien, mercredi : rien...

Son amie lui coupa la parole.

– Mais ce sont des choses qui arrivent. Tu m'as dit toi-même qu'il travaillait beaucoup.

– ... jeudi : rien. Alors moi je lui téléphone et...

Sa voix se brisa. Elle but une nouvelle gorgée de vodka puis se prit la tête entre les mains. Jeanne la regardait faire avec un mélange de pitié et d'exaspération.

– Et... ? répéta-t-elle.

Laure se redressa. La sonnerie du téléphone venait de résonner dans le hall de l'hôtel. La jeune réceptionniste se promena entre les tables jusqu'à ce qu'elle trouve le groupe des Italiens. Le plus âgé des deux hommes se leva et la suivit, nonchalant et affable. Laure se laissa retomber dans sa chaise longue, se cogna le coude contre le montant en bois et demanda :

– Où en étais-je ?

– Au coup de téléphone que tu lui as donné cet après-midi.

Laure se concentra quelques secondes.

– Oui... C'est ça, dit-elle d'une voix pâteuse, il a prétendu qu'il était sur le point de m'appeler...

– Mais c'est sans doute vrai, l'interrompit Jeanne avec impatience.

– Vrai ?

– Mais oui.

Laure parut un instant troublée par cet argument puis se ressaisit.

– Admettons. Mais il était sec et désagréable, il a dit qu'il ne pouvait pas me parler et qu'il me rappellerait ce soir à vingt heures.

Elle donna un coup de poing sur la table et faillit à nouveau renverser et le verre de vodka et la tasse de tilleul-menthe.

– A vingt heures! répéta-t-elle en criant presque.

– Laure... appela Jeanne gentiment.

– A vingt heures et il est presque vingt-trois heures!

Elle avala son verre d'un trait et, malgré les protestations de son amie, en commanda un nouveau. Le serveur antillais avec qui les deux jeunes femmes avaient sympathisé dès les premiers jours, approuvait, joyeusement complice.

– Eh bien, dites-moi, c'est la fête ce soir!

– Ouais, la fête, répondit Laure en faisant le geste de porter un toast.

– Ça t'amuse de te soûler? demanda Jeanne, sévère, une fois que le serveur se fut éloigné.

– Je ne me soûle pas, j'examine ma vie, répondit sentencieusement Laure.

Jeanne se tut quelques secondes, sans chercher à dissimuler son agacement.

– Nous sommes jeudi et nous quittons cet hôtel samedi, dit-elle. Cela fait trois jours que tu te gâches de belles journées en attendant un coup de téléphone... Ça suffit maintenant.

Elle prit Laure par les épaules et la força à lui faire face.

– Ça suffit, tu m'entends?

Laure approuva du menton. Elle ne savait plus si elle avait envie de pleurer ou de se fâcher. Elle s'excusa et annonça qu'elle allait monter se coucher.

– Excellente idée, applaudit Jeanne, je dirai à Pomme de ne pas faire de bruit...

A peine arrivée dans sa chambre, Laure s'affala sur le lit. La tête lui tournait mais elle se jurait qu'elle n'était pas ivre. Elle ferma les yeux plusieurs minutes, attentive aux battements désordonnés de son cœur. Quand elle les rouvrit, ce fut pour apercevoir le téléphone mural. Alors sa décision fut prise : puisque Caraes n'appelait pas, elle appellerait Caraes.

A Paris, quelqu'un décrocha et une voix de femme se fit entendre.

– Allô?

Laure crut qu'elle allait défaillir. Elle prit une longue respiration et parvint à articuler :

– Je voudrais parler à Jacques Caraes, s'il vous plaît.

– De la part de qui?

Cette question l'affola.

– De la part de qui? s'impatientait la voix.

– De Clara, mentit Laure en donnant le premier prénom qui lui passait par la tête.

Il y eut un silence.

– Ne quittez pas, finit par dire la voix, je vais voir s'il est là.

Une minute s'écoula durant laquelle Laure eut tout le loisir de regretter son geste. Elle pressentait que la femme à qui elle venait de parler n'était pas dupe et l'avait devinée. Sa ruse lui parut minable. Elle n'était pas Clara mais Laure, et cette Laure-là était en train d'accumuler les bêtises. Affolée, désespérée, elle allait raccrocher quand elle entendit la voix de Caraes.

– Oui ?

– C'est Laure, dit-elle dans un souffle.

– J'avais compris.

Il lui expliqua qu'il rentrait juste d'un dîner et qu'il s'apprêtait à l'appeler. Il s'excusa d'avoir tant tardé et lui demanda comment elle allait. Sa gentillesse polie accabla Laure qui se sentit encore plus misérable qu'auparavant. Alors elle se mit à improviser une histoire : des gens l'avaient invitée sur un voilier et avaient voulu la faire participer à une partouze. Tant et si bien qu'elle avait dû se jeter à la mer et regagner le rivage à la nage.

– Mais c'est épouvantable... Qui sont ces gens ?... Tu es sûre que tout va bien ? balbutiait Caraes.

Laure, lancée dans ses mensonges, continuait son récit, inventait, se contredisait, s'embrouillait.

– C'est à cause de toi, dit-elle, soudain accusatrice.

– De moi ?

– De toi. Si tu me téléphonais, si tu te préoccupais de moi, je n'aurais pas besoin d'aller chercher des consolations ailleurs...

Elle hésita, cherchant ce qu'elle pouvait dire d'encore plus percutant.

– ... D'ailleurs, ils m'ont invitée à les suivre en Corse, et peut-être bien que j'irai...

– Je ne comprends pas, protestait Caraes, tu me dis que ces gens ont failli te violer, et tu veux partir en Corse avec eux ?

Laure sentit que la chambre commençait à tourner autour d'elle et comprit que la vodka l'avait bel et bien soûlée.

– Humm, humm, humm, marmonna-t-elle, incapable d'en dire davantage.

Mais Caraes, au téléphone, était très en colère.

– Quand rentres-tu ?

Elle répondit évasivement, moins par jeu que par impuissance. Les mots se dérobaient, elle ne savait plus où elle en était dans l'absurde fiction qu'elle avait inventée. Il répéta sa question.

– Dimanche 14 juillet... peut-être, finit-elle par dire.

– « Peut-être », parce que « peut-être » tu vas partir en Corse ?

Malgré son ivresse, elle avait conscience de sa fureur et s'en réjouit : ainsi il était jaloux, ainsi il l'aimait. Elle eut un long soupir de bonheur qui ne fit qu'accroître l'exaspération de son ami.

– Écoute-moi bien, Laure, je ne comprends rien à cette histoire mais il va falloir que tu t'expliques. Tu vas rentrer le 14, et je viendrai te chercher à la gare. Par quel train arrives-tu ?

– Humm... Sais pas...

– Tu fais ta réservation demain matin... Je te rappelle... Et on s'explique dès que tu as mis les pieds gare de Lyon.

Sa voix, hargneuse et menaçante, commençait à impressionner Laure. Mais l'alcool faisait son effet et elle sentit que, malgré ses efforts pour demeurer éveillée, elle commençait à s'assoupir.

– Tu m'entends ? criait Caraes.

– Ouais, ouais, ouais, dit Laure à moitié endormie.

– Alors à demain.

La violence avec laquelle il raccrocha ne la fit même pas sursauter. Elle reposa avec beaucoup de difficulté le combiné de son propre téléphone et se glissa tout habillée dans son lit. « Il m'aime », pensa-t-elle, émerveillée.

Jeanne avait écouté son amie, partagée entre le fou rire et l'indignation. Laure venait de lui relater son coup de téléphone nocturne, ses mensonges et les réactions de Caraes. Elle avait pris une douche, avalé trois comprimés d'aspirine et commençait à se sentir mieux. Elle se souvenait d'avoir éprouvé, à son réveil, un sentiment de honte, mais ce sentiment s'était vite transformé en un profond étonnement : comment avait-elle pu improviser cette histoire, elle qui, d'ordinaire, ne mentait jamais ? C'est ce point-là aussi qui surprenait Jeanne.

– Je n'en reviens pas... Toi, aller imaginer des choses pareilles...

Laure baissa la tête, gênée.

– Je ne sais pas ce qui m'a pris, dit-elle.

– Et il t'a crue ?

– Oui.

– Même ta fuite à la nage ?

– Oui, même ça.

– Incroyable... Mais tu n'as pas peur des conséquences de tes mensonges ?

– Quelles conséquences ?

– Qu'il ne veuille plus te voir, par exemple ?

Laure tressaillit. Cette pensée lui était venue, mais elle l'avait aussitôt repoussée.

– Pour le moment, ce serait plutôt le contraire, puisqu'il exige de venir me chercher le 14 juillet gare de Lyon.

– Et tu lui diras la vérité ?

– Tout à l'heure au téléphone ?

– Oui.

– Oh, non ! J'ai tout de même très honte, tu sais...

Sa détresse émut Jeanne. Elle prit tendrement la main de son amie dans la sienne.

– Ce que tu as fait n'est pas bien malin, mais c'est de bonne guerre. Il n'a qu'à être plus clair, ne pas te laisser trois jours sans nouvelles quand il te promet d'appeler...

Laure la remercia et lui annonça qu'elle avait réservé une place sur le TGV Avignon-Paris, le 14 juillet à quinze heures quarante-cinq.

– C'est tout ce qui restait... Tu ne m'en veux pas de vous quitter plus tôt que prévu ?

Jeanne allait répondre quand elle aperçut Jean qui revenait d'une partie de tennis.

– Jure-moi que tu ne lui diras rien, dit Laure dans un souffle.

Jeanne promit, déjà lointaine. Elle avait sur le visage ce

sourire amoureux qu'elle ne destinait qu'à Jean et dont elle ne soupçonnait pas l'éclat. Jean l'embrassa sur le front et lui tendit une branche de laurier.

Pomme se tenait en retrait, plus maussade encore qu'à l'ordinaire.

– Bonjour, mon amour, bonjour, ma chérie, dit Jeanne en leur désignant les deux chaises vides.

Mais Pomme, sourde à cette douce invitation, s'était plantée devant Laure et la fixait de ses yeux bleus chargés de colère.

– Il y a quelque chose qui ne va pas? s'étonna la jeune femme.

– Il y a que tu as ronflé toute la nuit et que je n'ai pas pu dormir, répondit rageusement l'adolescente.

– Tu dois te tromper, je ne ronfle jamais, balbutia Laure.

– Si, tu ronflais! Tu ronflais à réveiller tout l'hôtel!

– Pomme, cria Jean, sois polie avec Laure!

– C'est elle qui se soûle, c'est elle qui ronfle et c'est moi qu'on engueule!

– Pomme!

Laure s'apprêtait à intervenir quand elle s'entendit appeler par la réceptionniste.

– Excusez-moi, je crois qu'on me demande au téléphone.

Elle traversa en courant les quelques mètres qui la séparaient de l'hôtel et se jeta, tout essoufflée, dans le cagibi.

– Allô?

– Bonjour, Laure.

La voix était si peu chaleureuse que tout de suite elle eut peur.

– Qu'est-ce qu'il y a? dit-elle.

– C'est toi qui me demandes ce qu'il y a?

Caraes eut un rire bref et sec.

– Je vais te dire ce qu'il y a : il y a que je déteste le coup de téléphone d'hier soir, il y a que je n'y ai rien compris mais que je le déteste, il y a...

Elle lui coupa la parole.

– Je rentre dimanche 14 juillet par le TGV de quinze heures quarante-cinq. Je serai à Paris à vingt heures.

Caraes se taisait. Elle entendit distinctement une allumette craquer et lui qui aspirait la fumée.

– A vingt heures, insista-t-elle, je t'expliquerai tout, je te le promets.

– Je ne serai pas à Paris quand tu rentreras.

– Quoi ?

Consciente qu'elle venait de hurler, Laure se força à baisser la voix. Elle lui rappela combien il avait désiré son retour. Elle se fit tendre, suppliante. Mais il se taisait et elle finit par lui demander les raisons de son absence.

– Je dois conduire mon fils à Rennes chez mes parents, dit-il.

Sa voix, hésitante, surprit Laure autant que sa réponse. Un soupçon la traversa : Caraes lui mentait, le trajet à Rennes était un prétexte, il avait d'autres intentions qu'il lui cachait.

– Je dois aller travailler, dit-il encore, je te rappellerai ce soir ou demain matin.

– Nous quittons l'hôtel à onze heures, à cause du bateau.

– Et après, tu seras où ?

– Quelque part en Avignon.

– Où ?

– Mais je ne sais pas...

– Eh bien, j'appellerai avant. Salut.

Après qu'il eut raccroché, Laure resta quelques secondes dans la cabine, paralysée. L'homme avec qui elle venait de s'entretenir ne ressemblait pas à l'homme qu'elle aimait. Elle pressentit de manière fulgurante qu'il voulait lui faire du mal. Elle eut peur. « Il est méchant », se dit-elle, puis aussitôt après : « Non, il va rappeler, nous nous expliquerons. » Comme par magie, le téléphone se remit à sonner. Laure passa la tête à travers la porte et vit la réceptionniste qui lui faisait signe de décrocher.

– C'est encore pour vous, dit-elle.

Laure obéit, émerveillée. Dans son bureau, à Paris, Caraes

venait sûrement de comprendre qu'il avait été cruel et que les brouilles téléphoniques étaient les pires des calamités.

– Allô ? dit-elle, débordante de reconnaissance.

Mais sa joie fut de courte durée. Il ne s'agissait pas de Caraes, mais de l'assistant du metteur en scène avec qui elle devait travailler début août. Il lui annonça quelques problèmes de production et l'informa que le film était reculé au mois de septembre.

– Des problèmes de production? Tu sais lesquels?

Jeanne, à qui Laure venait de raconter ses deux appels téléphoniques, avait négligé le premier pour ne s'intéresser qu'au second. Laure ne voulut pas répondre et revint à ce qui la tourmentait en priorité.

– Caraes... commença-t-elle.

Mais Jeanne ne la laissa pas poursuivre.

– C'est mauvais signe, un film qui se repousse...

Elles se trouvaient toutes les deux sur la plage blanche, étendues sur le sable. Jean et Pomme, un peu à l'écart des vacanciers, disputaient, sans conviction, une partie de volley-ball.

– C'est mauvais signe, parce que...

– Caraes mentait... Il ne va pas à Rennes avec son fils...

Jeanne eut un geste impatient pour signifier qu'elle ne désirait pas aborder ce sujet. Elle se mit à feuilleter une revue féminine tout en surveillant son amie dont l'expression douloureuse l'exaspérait. Laure se mit à plat ventre et dissimula son visage sous un pan de serviette. Elle se souvenait de son bonheur, quelques jours auparavant, quand Caraes l'avait appelée d'Orly. Des sanglots montaient en elle, sanglots qu'elle s'appliquait à refouler, les lèvres serrées, le corps tout entier crispé par l'effort. Une coulée de sable humide au creux de ses reins la fit sursauter : Pomme, penchée au-dessus d'elle, lui versait un mélange de sa composition.

– Alors, la ronfleuse, on ronfle toujours?

Laure s'abrita davantage encore sous sa serviette-éponge.

Pomme resta quelques secondes debout à se ronger le pouce, puis s'agenouilla sur le sol, le plus près possible du visage de son amie. Elle souleva un bout de tissu et chantonna :

– « Et la marmotte dit à l'écureuil
Depuis trois mois je n'ai pas fermé l'œil.
Marmotte vous mentez, voici venir l'été... »

– Assez, cria Laure.

Pomme prit son air le plus innocent.

– Tu n'aimes plus ta chanson ?

Une tape sur l'épaule l'empêcha de continuer. Elle se retourna et vit son père qui lui faisait signe de s'éloigner. Elle obéit. Jean attira alors son amie contre lui, la serra dans ses bras.

– Ne te laisse pas embêter par le premier sale type venu, dit-il en lui embrassant l'épaule.

– Si tu arrives à lui faire comprendre ça, tu as de la chance, marmonna Jeanne sans lever les yeux de sa revue.

Laure s'abandonna contre la poitrine de Jean. Il lui caressait doucement le visage et le cou et lui parlait à voix basse.

– Tant de soucis pour un homme que tu connais depuis à peine six mois...

Sa tendresse calmait Laure mais redoublait en même temps son envie de pleurer. Elle aurait aimé trouver les mots justes pour lui expliquer ce que Caraes avait de beau et de rare. Mais depuis leur dispute au téléphone, elle avait l'impression qu'elle ne savait plus qui il était.

Se pouvait-il qu'il eût, en une nuit, cessé de l'aimer ?

Se pouvait-il qu'il fût parti avec une autre femme alors qu'elle abrégeait ses vacances pour le retrouver plus vite ? Ces questions l'obsédaient et lui donnaient une expression effrayée qui troublait Jean.

– En vaut-il seulement la peine ?

Laure esquissa un sourire.

– Si je savais, dit-elle, si je savais...

A côté, Jeanne rassemblait les serviettes et les crèmes solaires. Pomme était revenue de sa brève promenade et annonçait qu'il était l'heure d'aller déjeuner.

Jean aida Laure à se relever.

– Oublie-le jusqu'à dimanche... Cette nuit, tu dormiras de ce « doux sommeil qui dénoue l'écheveau compliqué des soucis », comme dit Shakespeare.

Tout au long de l'après-midi, Laure réussit à feindre une insouciance qu'elle était loin d'éprouver. Elle joua aux cartes avec Pomme et retourna se baigner avec Jeanne. Christian l'appela de Paris et, comme il l'avait fait la semaine précédente, tenta de la rassurer. Il ajouta que si Caraes ne venait pas la chercher, il serait lui gare de Lyon. Laure le remercia et descendit sur la terrasse, apaisée. Elle espérait que Caraes, à son tour, allait téléphoner, qu'il lui donnerait les raisons de son subit voyage à Rennes.

De sa chaise longue, elle observait les clients de l'hôtel et se rappelait avec amusement son effroi du premier jour. Pomme, à ses côtés, rayonnait de bonheur : elle devait, dès le lendemain, rejoindre une amie de classe, dans un camping près de Béziers.

– Son père est formidable, expliquait-elle avec volubilité, c'est notre prof de gym.

Laure lui désigna Jean qui guidait Jeanne entre les tables.

– Le tien aussi.

– C'est vrai qu'il est pas mal, admit Pomme.

Jean et Jeanne, pour leur dernière soirée, avaient revêtu leurs plus belles tenues. Jean avait l'air d'un jeune homme et Jeanne, avec son ventre moulé dans une virginale robe blanche, ressemblait à une communiante qui aurait fauté.

– Champagne, eau minérale et limonade, commanda Jean.

Le serveur antillais revint avec les boissons, les olives et les cacahuètes. En tendant sa coupe à Laure, il lui fit un clin d'œil.

– Pas de vodka, ce soir ?

Laure se troubla.

– Après le dîner, peut-être ? dit-il encore avant de s'en retourner au bar où un Irlandais assoiffé le réclamait.

Le souvenir de son ivresse de la veille effrayait Laure.

« Il téléphonera, il faut qu'il téléphone », se dit-elle en touchant furtivement le bois de la table, le bois de la chaise longue et même une pomme de pin qu'elle avait dans sa poche.

Jean avait voulu que leur dernier dîner fût un dîner de fête et avait commandé, en secret, des langoustes. C'est pourquoi il pressait ses compagnes de terminer leurs verres et de passer à table.

– Fermez les yeux, les filles, dit-il, une fois qu'ils se furent installés.

– Maintenant, ouvrez-les !

Présentées sur un grand plateau argenté, les langoustes étaient impressionnantes. Des murmures admiratifs s'élevèrent des tables les plus proches et firent la joie de Jean.

Jeanne prit sa main et y déposa un baiser.

– Mon amour, quel bonheur ! dit-elle, au bord de l'extase.

Jean lui rendit son baiser et caressa le poignet de Laure.

– Et vous, belle dame, cela vous va-t-il ?

– Tu es merveilleux, dit-elle, sincère.

En face d'eux, Pomme se taisait. Le spectacle qu'offraient son père et les deux jeunes femmes penchés sur le plat de langoustes lui était insupportable. Elle toussa pour rappeler sa présence et, comme personne n'en tint compte, s'adressa directement au maître d'hôtel.

– J'aime pas le poisson, je peux avoir un hamburger ?

Jeanne alors se fâcha. Elle lui expliqua le privilège que c'était de manger des langoustes. Elle la traita de gourde. Elle lui reprocha encore son manque absolu de curiosité, les heures qu'elle avait passées, couchée sur son lit, son walkman sur les oreilles. Pomme écoutait, sans essayer de se justifier. Ses yeux bleus tout d'abord chargés de mépris se remplissaient de larmes. Jean tenta de minimiser le comportement de sa fille.

– Elle lit beaucoup, dit-il.

– Lire dans sa chambre, comme c'est intéressant quand on passe ses vacances au bord de la mer ! répliqua sèchement Jeanne.

Laure prit son verre de rosé, alluma une cigarette et se détourna vers le jardin.

Depuis quelques jours, les grillons étaient revenus et couvraient de leur bruit le clapotis de l'eau. Il faisait très chaud. Un orage que l'on avait annoncé pour le milieu de la nuit s'approchait. Laure l'entendait rôder et espérait qu'il ne tarderait plus à éclater. Elle pensa que si Caraes téléphonait avant la fin du repas, elle serait libre, ensuite, de se promener dans la pinède, comme elle le faisait jadis quand elle était une petite fille et que sa cousine l'entraînait. Combien de fois, en pleine nuit, s'étaient-elles sauvées par la fenêtre de la villa de Saint-Raphaël, combien de fois s'étaient-elles tenues serrées l'une contre l'autre, sur la plage, à regarder les éclairs au-dessus de la mer... Elles regagnaient leurs chambres trempées jusqu'aux os et devaient, le lendemain, cacher à leurs parents leurs vêtements mouillés. Laure ignorait si la femme qu'était devenue sa cousine avait continué à courir au-devant des orages. Par une nuit que rien ne distinguait des autres, elle avait pris sa voiture et était partie, sans prévenir personne, sans laisser de lettre, vers une destination pour toujours inconnue. La route était droite, bordée d'arbres. Le véhicule avait été retrouvé quelques heures après l'aube, écrasé contre l'un d'entre eux. Rien ne justifiait l'accident et les gendarmes avaient longuement hésité avant d'émettre une opinion que sa famille, aujourd'hui encore, contestait.

– A toi aussi, il te faudrait un hamburger ? demanda Jean.

Laure ne comprit pas que c'était à elle que cette question s'adressait. Il répéta sa phrase et lui désigna la langouste qui attendait, intacte, dans son assiette. La jeune femme s'excusa et commença maladroitement à la décortiquer.

– Ah, l'amour, toujours l'amour ! dit Jean en lui resservant un grand verre de rosé.

– Laure! Laure!

Jean, Jeanne et Pomme étaient déjà entassés, avec les sacs et les valises, à l'arrière de la jeep qui devait les conduire au port. Ils appelaient leur amie qui s'obstinait à traîner dans le hall de l'hôtel, et dont ils commentaient, à voix basse, les traits tirés et le regard absent.

Le chauffeur se mit de la partie et klaxonna. Laure dut se résigner à s'en aller. Elle serra la main de la jeune standardiste et lui dit, très vite :

– Si on me téléphone, pouvez-vous dire que...

Mais le bel Italien s'était glissé à ses côtés. Il désirait envoyer plusieurs télégrammes à Milan et exigeait de la jeune standardiste qu'elle s'en occupe sur-le-champ. Celle-ci, séduite par ses tempes grises, son sourire éclatant et sa mâle autorité, s'empressa d'obéir. Dehors, le conducteur de la jeep klaxonnait, maintenant, de façon ininterrompue. Laure n'insista pas davantage. Elle courut vers le véhicule. La cour où elle avait pris, douze jours durant, ses petits déjeuners était encore trempée des averses de la nuit. Elle glissa sur les cailloux, tomba à moitié dans une flaque d'eau. Ce fut Jean qui la hissa dans la jeep au moment où celle-ci démarrait.

– Tu vas finir par nous faire rater le bateau de midi avec tes fichues histoires de téléphone, lui reprocha Jeanne.

– Surtout qu'il n'y en a plus d'autre avant quatorze heures, renchérit Pomme.

Laure contemplait, hébétée, le bas de sa robe bleue, taché de boue, et l'un de ses genoux qui s'était mis à saigner. Elle pensa qu'elle avait dû se faire mal lors de sa chute et s'étonna de ne rien ressentir. Caraes seul comptait. Elle avait attendu pendant vingt-quatre heures qu'il l'appelle et il ne l'avait pas fait. Il ne serait pas à Paris. Elle devinait, avec une lucidité qui se renforçait de minute en minute, que leur histoire, sans qu'elle sache pourquoi, était terminée. Une main posa un mouchoir roulé en boule sur son genou écorché. C'était Jeanne qui, comme si elle avait suivi le cours de ses pensées, lui murmurait avec son habituelle fermeté :

– Oublie-le.

Laure acquiesça du menton et s'appliqua à respirer. L'air était chargé d'odeurs diverses que l'orage et la pluie avaient ravivées. Le mauvais état de la route faisait se cogner les uns contre les autres les passagers de la jeep. Jeanne, d'une main, protégeait son ventre et de l'autre retenait le chapeau de paille. Elle riait à chaque secousse, et les autres, autour d'elle, riaient aussi. Jean, un peu soucieux de la voir ainsi ballottée, posa à son tour ses mains sur son ventre. Pomme, intarissable depuis son réveil, décrivait à qui voulait l'entendre les merveilleuses vacances qu'elle s'apprêtait à passer dans le camping de Béziers. Durant la nuit, la peur des éclairs l'avait précipitée dans le lit de sa grande amie, et Laure, malgré l'étroitesse du matelas, l'avait gardée longtemps dans ses bras. Elle avait bercé Pomme comme il lui était arrivé, parfois, de bercer sa cousine lorsque celle-ci avait un chagrin. Chagrin dont aucune des deux petites filles n'aurait su dire l'origine, mais qui avait dû grandir et s'enraciner en elle, puisque c'était peut-être lui qui l'avait envoyée se fracasser contre un arbre. Laure savait maintenant qu'aussi longtemps qu'elle vivrait, elle garderait en elle le regard effrayé qu'elle lui avait vu lors de leur dernière rencontre. Il suffirait pour cela d'une odeur d'eucalyptus, d'un ciel d'orage ou d'un cahier de devoirs de vacances abandonné, ouvert, sur un coin de table.

La jeep traversa le petit village de pêcheurs, s'arrêta près du port. Jean, aidé de Jeanne et de Laure, déchargea les quatre valises, les cinq sacs et les trois paniers qui constituaient leurs bagages d'été. Pomme portait autour du cou les paires de palmes et l'appareil photo. Étrangère à l'agitation des adultes, elle admirait des bracelets en nacre que vendait un jeune homme, assis à même le trottoir.

De nouveaux touristes, pâles et fatigués, arrivaient. Ils croisaient ceux pour qui les vacances étaient terminées et qui s'en retournaient chez eux. Le même bateau les amenait et les ramenait. C'était vers lui que se dirigeaient Jean et ses compagnes.

Une fois à bord, accoudés tous les quatre au bastingage, ils regardèrent un long moment s'éloigner les rivages de l'île. Jean se tenait entre les deux jeunes femmes. Il leur exprimait le bonheur qu'il avait eu avec elles. Il demanda à Pomme de les prendre en photo. Jeanne se tourna, rayonnante, vers l'objectif, face au vent qui se levait. Le chapeau de paille fut emporté et flotta quelques instants dans le sillage du bateau.

– Le chapeau de ta grand-mère, dit Jeanne, désolée.

Le TGV Avignon-Paris arrivait gare de Lyon. Laure remercia un vieux monsieur qui lui avait tenu compagnie pendant le parcours et qui venait de descendre du filet son lourd sac de voyage. Elle ne s'était pas couchée de la nuit, elle se sentait épuisée. Elle avait vu, sous les étoiles, un spectacle magnifique, et des amis qui lui étaient chers avaient insisté pour qu'elle reste quarante-huit heures de plus au festival. Mais rien ni personne n'aurait pu l'empêcher de rentrer. Savoir pourquoi Caraes l'avait rejetée était sa seule urgence. D'un restaurant, sur la route, puis de différents cafés d'Avignon, elle avait appelé Christian et lui avait demandé de joindre, de sa part, Caraes. Christian s'y était employé, mais n'avait fait que tomber sur un répondeur qui, inlassablement, répétait qu'il n'y avait personne. Laure en avait conclu que Caraes avait quitté Paris et, comme elle ne croyait pas à ce voyage à Rennes, s'était torturée en suppositions diverses. Son seul espoir était qu'il lui eût laissé, sur son répondeur à elle, quelques mots d'explication.

Il n'y avait guère de monde sur le quai de la gare de Lyon, ce dimanche 14 juillet. C'est pourquoi Laure eut tôt fait de faire le tour des personnes qui s'y trouvaient et de constater qu'il n'y avait pas même, comme elle l'aurait cru, son cher

Christian. Cela ne la surprit pas. Un malheur pesait sur elle et ce malheur continuait. Il durerait ce qu'il devrait durer et puis s'évaporerait. Laure se sentait si fatiguée qu'elle en devenait indifférente. Elle se dirigea vers la file des taxis et pensa avec ennui au sac qu'elle devrait porter en montant les six étages qui précédaient son appartement.

Alors elle le vit.

Il était appuyé contre une cabine de photomaton et la regardait avancer sans esquisser le moindre geste. Sa veste blanche était fripée, il ne s'était pas rasé. Laure s'étonna qu'il fût à ce point semblable à ce qu'elle avait imaginé six jours auparavant. Elle fit les quelques pas qui la séparaient de lui, attentive à des détails qu'elle n'avait pas vus au premier abord : il avait les cheveux plus longs, ses yeux étaient plus cernés qu'à l'ordinaire.

Brusquement il étendit son bras et posa sa main sur sa nuque à elle. Laure reconnut la dure pression des doigts et chancela.

– Caraes... dit-elle.

– Crétine, crétine que tu es, dit-il en la tenant toujours par le cou et en la poussant vers la sortie.

Composé et achevé d'imprimer
par la Société Nouvelle Firmin-Didot
à Mesnil-sur-l'Estrée, le 7 décembre 1987.
Dépôt légal : décembre 1987.
Numéro d'imprimeur : 6741.
ISBN 2-07-071073-4/Imprimé en France

41955